널 만나러 왔어

FISH BOY
by Chloe Daykin

Copyright ⓒ Chloe Daykin, 2017
All rights reserved.

Published by arrangement with Margot Edwards Rights Consultancy, U.K.
on behalf of the Ben Illis Agency, U.K.
Korean edition was published by MUNHAKDONGNE Publishing Corp., 2019
by arrangement with Chloe Daykin c/o Margot Edwards Rights Consultancy
through KCC(Korea Copyright Center Inc.), Seoul.

이 도서의 국립중앙도서관 출판예정도서목록(CIP)은
서지정보유통지원시스템 홈페이지(http://seoji.nl.go.kr)와
국가자료공동목록시스템(http://www.nl.go.kr/kolisnet)에서 이용하실 수 있습니다.
(CIP제어번호: CIP2019024323)

널 만나러 왔어

FISH
BOY
Chloe Daykin

말하는 물고기를 만난 소년 이야기

클로이 데이킨 장편소설

강아름 옮김

문학동네

차 례

그곳에서

1914년 이래로 1000명 넘는 사람들이 130만 제곱킬로미터 넓이의 지역에서 흔적도 자취도 없이, 레이더 밖으로, 지구 밖으로 사라졌다. 그곳을 '버뮤다 삼각지대'라 부르기 시작했고 그 이름이 공식 명칭으로 굳어졌다. 그렇게 된 이유는, 무언가 이름을 붙여 부르면 우리 기분이 나아지기 때문인 것 같다. 이름을 붙이면 우리의 통제 안에 놓이게 된다는 듯, 무엇인지 감조차 잡을 수 없던 것들을 비로소 이해하게 된다는 듯. 구파트론이든, 시도즐 피라미드든, 이름이야 무엇이든 될 수 있었다. 블랙홀이든, 다른 은하계로의 입구든, 외계력 작용 구역이든, 정체야 무엇이든 간에. 단 하나의 진실이 있다면 우리는 그저 추측할 뿐, 제대로 아는 게 없다는 거다. 아는 건 아무것도 없다.

오후 2시 24분, 아히라 선생님의 인문학 시간에 검정색 베롤펜으로 내 세계의 불가사의 과제에 끄적인 내용이다. 그리고 바로 지금, 바닷속에서도 한창 그 생각을 하는 이때, 그것 하나가 내 얼굴로 헤엄쳐 올라오더니 내가 쓰고 있는 비스타 클리어 마스크 고글에 훅, 물방울을 내뿜고는 말한다……

게즈도딕

게즈도딕
게즈도딕

도망

  말하는 그것과 마주친다면 어떻게 하겠는가?

  내버려두고 도망친다.

  마음에 걸려 돌아온다.

  하지만 그건 이미 사라져버렸고 그때부터 헷갈리기 시작한다. 정말로 진짜였나, 아니면 내 상상이었나?

  그리고 지금은 해변에 서 있다. 주위엔 아무도 없다. 해가 뉘엿뉘엿 저무는데 수건이 없어졌다. 옷도, 새로 산 나이키 운동화도. 제이미 와츠가 가져갔으려나. 아니면 혹시 그것의 짓일까. 이 모든 의문들 때문에 머리가 지끈거린다. 그 따위 것들은 사라져버리게 다시 바다로 뛰어들고 싶다. 바다는 머리의 뚫어뻥 같아서 그런 것들을 모두 빨아가니까. 나무가 이산화탄소를 빨아들이듯 말이다. 하지만 그럴 순 없다. 곧 저녁이 준비될 테니. 해질녘 그리고 일요일. 즉 '고기파이와 감자튀김의 밤'이란 얘긴데, 누가 그걸 놓치고 싶겠어?

나는 빌리 시엘. 나는 이런 의문들을 품는 사람이다. 바로 여기, 바로 지금, 스텝슨 해변에서. 저기 절벽의 난간들 사이로 내 모습을 내려다볼 수 있을 거다. 거기 닭살이 잔뜩 돋아 있는 개가 바로 나다. 모래 위, 파란색 수영복을 입은 조그마한 점. 사람들은 날 '물고기 소년'이라 부른다. 내 피부는 마치 파도처럼 오르내린다. 내 마음은 마치 바다처럼 들고 난다. 내가 항상 입을 벌리고 있다고들 하는데, 그게 뭐가 어때서? 참, 사람들이 날 '물고기 소년'이라 부른다는 얘길 했던가? 하하, 농담이다. 사실 물고기는 기억력이 정말 좋다. 심지어 금붕어들마저도. 길게는 다섯 달까지 소리들을 기억할 수 있다. 상류에 있든 바다에 있든 저녁은 돌아와서 먹도록 훈련시키는 일도 가능하다. 저녁식사를 알리는 소리만 내면 물고기들은 잽싸게 부메랑처럼 돌아온다.

그러니 나도 이제 달린다. 내 감자튀김이 다 식어버리기 전에. 절벽 산책로를 오르고, 과학 수업을 함께 듣는 제이디 에클스턴네 집을 지나, 면도날 같은 가시가 달린 산사나무 울타리를 통과해, '개구리 조심' 팻말을 뛰어넘어 뒷문으로 달려 들어간다. 바람처럼, 번개처럼, 당신이 지금껏 봐온 '맨발에 사실상 홀딱 벗은' 소년 가운데 내가 가장 빠르다는 듯이.

사냥 비행

정확히 8분 27초 만에 부엌 도착이다. '맨발 달리기' 부문에서 두번째로 빠른 기록이다. 이렇게 말할 수 있는 건 다 내셔널 지오그래픽 시계 덕분이다. 이 시계는 수면 위아래로 최대 10미터까지 정확하다. 아빠가 식탁 앞에 서서 파란색 수영복 차림의 날 보고 있다.

"안 된다는 거 알 텐데." 아빠가 말한다.

"제 감자튀김은요, 아빠?"

"식탁에선 수영복 금지."

"오븐에 넣는 것만이라도 하면 안 돼요?"

"뭘, 수영복을?"

"감자튀김이요."

"그렇지. 아, 허락한다는 게 아니고. 가서 수건 가져와." 아빠는 자기 몫의 감자튀김에 벌써 소스까지 뿌렸다. 이제 나이프와 포크를 집어든다. 그리고 사냥 비행에 나선다. 나도 사냥 비행중이면 얼마나 좋을까. 그러기는커녕 자리에 앉지도 못하고 있다. 물을 뚝뚝 흘리며 떨기나 하는 중이다.

"수건 대신 티 타월을 쓰면요?"

"네 '내 티 타월에 신경 꺼' 타월은 나한테 없는데?" 티 타월들은 아빠의 자랑거리다. 아빠는 생일에도 크리스마스에도 티 타월을 모은다. 그중에서도 '이 티 타월을 쓰기에 나는 너무 섹시해'를 가장 좋아한다. 그건 부엌 저편, 중중마 센터의 '진정하고 컵케이크나 드셔' 옆에 걸려 있다.

"옷은 어디 둔 거야?" 아빠가 묻는다.

"모르겠어요."

"신발은 어디 있고?"

"모르겠어요."

아빠가 내 눈을 빤히 쳐다본다.

"엄마는 어디 있어요?"

"침대에."

"또요?"

아빠가 눈길을 돌린다. "잠옷 가운 가져다줄게, 아들" 하며 내 머리를 헝클어뜨린다. 그리고 이층에 가서 회색 플리스 가운을 가져온다. 내겐 잠옷 가운이 세 벌 있다. 그중 제일 좋아하는 게 이 회색 가운이다. 내 나이는 열두 살. 사실 회색 가운은 13~14세용이지만 옷소매가 손을 덮으며 길게 남는 그 느낌이 좋다. 세라 콜린스가 플리스는 사실 비닐봉지로 만들어진다고 했는데, 비닐봉지가 어쩜 그리도 포근할 수 있는 걸까. 저릿저릿 팔을 타고 내려오는 온기가 느껴진다. 플리스가 최고야. 꼭 라디에이터를 입고 있는 것 같다.

아빠가 무릎쟁반으로 작은 테이블을 만들어준다. 우리는 함께 감자튀김과 고기파이를 먹는다. 조금 식었다. 둘 다 아무 말도 하지 않는다. 나는 데이비드 애튼버러 경을 흉내내며 먹는다. 그는 상도 받은 적 있는 방송인이자 동식물학자다. 모두가 데이비드 경을 사랑한다. 말 그대로 최고다. 그는 알아야 하는 것들을 안다. 모든 질문을 던지고 모든 답을 얻는다. 두려워해야 할 것들과 그렇지 않은 것들을, 물에 들어가야 할 때와 나와야 할 때를 안다. 내 포크가 파이 속으로 포복해 들어간다. 박쥐 동굴로 들어가 바위틈을 통과해 대성당의 방•으로

• 동굴 내부의, 예배나 결혼식 등이 가능할 정도로 매우 넓은 공간을 일컫는 말.

입장하는 것처럼. 포크에게는 이번이 최초의 고기파이 탐험인 것처럼. 박쥐들이 쏟아져나와 멀리로 날아간다. 내 포크는 붉은꼬리매, 내 나이프는 멕시코초원매가 된다.

헬리콥터 안에서 데이비드 경이 바람을 맞으며 소리친다. "저 혼란에 빠진 다수 중 하나를 낚아채려면 매에게 있는 곡예 기술과 집중력을 총동원해야 합니다." 나는 살상을 준비한다. "먹는 걸로 장난치지 마라, 아들." 아빠가 말한다.

"장난치는 거 아닌데요. 탐험하는 건데요."

"지나가는 고기를 발견하거든 얘기해줘."

나는 생각한다. 만약 내 포크가 먼저 찾는 게 고깃조각이면 그것의 존재를 아무에게도 들키지 않을 수 있을 거라고. 그리고 모든 게 다 괜찮아질 거라고. 제이미도 내 나이키 운동화를 돌려줄 거라고. 머릿속으로 데이비드 경에게 의견을 묻자, 특유의 지독히 평온한 목소리로 속삭인다. "그리고 이제 암컷들이 둥지를 떠납니다." 언제나 세상을 자연의 법칙으로 바꿔 바라보는 남자, 데이비드 경. 그는 프로다.

강철 손가락, 곰의 파워

자, 이제 나도 제이미도 여기에 있다. 제이미와 나 사이에 어떤 공통점이 있으리라고는 생각지 못했다. 하다못해 신발 사이즈도 같을 리 없다고 믿었는데.

이제 알겠네. 같다는 걸.

제이미는 아치 롱던, 오스카 피어스와 함께 운동장에 있다. 학교 배전실 옆에서 아치의 맨유 축구공으로 키피어피*를 하는 중이다. 제이미의 머리 옆으로 보이는 표지판에 '**위험: 감전사 주의**'라고 적혀 있다. 누군가가 뒤로 쓰러지는 모습이

---

* 무릎, 어깨, 머리 등을 이용해 공을 땅에 떨어트리지 않고 오래 차는 게임.

그려져 있는데, 뾰족한 거대 화살이 그 몸을 쑤시고 있다. 만약 거기 말풍선이 있었다면 '아아아악'이라 쓰였겠지만 그런 건 없다. 그저 사람이 쓰러지고 그걸로 끝이다. 제이미가 고개를 든다. 아침에 먹은 것들이 뱃속에서 요동친다.

"오호, 신발 나이스." 제이미가 말한다. 내 낡은 운동화를 내려다본다. 발가락들이 신발을 뚫고 나올 태세다. 제이미의 발을 본다. 내 나이키 운동화를 신고 있다. 입을 열어보지만 아무 소리도 나오지 않는다. 땡볕 아래 바위틈 웅덩이처럼 말라붙어버렸다.

오스카가 폭소를 터트리며 내 머리 뒤에서 뭔가 수작을 부린다.

"그거 웃기네." 아치가 말한다.

제이미가 벽에 발길질을 한다. 내 나이키 운동화에 흠집이 나는구나. 흠집은 질색인데. 데이비드 애튼버러 경이라면 어떻게 할까, 생각해본다. 데이비드 애튼버러 경이라면 어떻게 할까? 데이비드 경이라면 이런 상황에서 굳이 잠수 장비를 갖추고 보트에서 뛰어내리진 않을 것이다. 차라리 카메라를 막대기에 매달아 내려보내기로 하겠지. 아니면 보트에 시동을 걸라고 고갯짓을 한 뒤 그냥 여길 빠져나가거나. 머릿속으로 데이비드 경에게 묻자 그는 "무리의 우두머리 노릇을 하는 수컷은 어느 때건 공격해올 수 있습니다"라고 말하더니 랜드로버를 타고 덜컹대며 이 세렝게티의 초원을 떠나버린다.

그러니 나도 그냥 뒤돌아 걷는다. 이 운동장이 해저이고, 내 몸이 물고기인 상상을 해본다. 내가 고등어라면 얼마나 좋을까. 고등어는 서로 소통하는 능력과 무리가 하나되어 움직이는 기술이 매우 뛰어나다. 심해의 사교가들이다. 물론 같은 무리에 속한다는 전제하에. 그렇지 않다면 잡아먹힐 거다. 고등어 빌리는 다시마숲을 찾아다닐 테니, 인간 빌리도 그렇게 한다. 안전한 곳을 찾아가고 그림자 속으로 들어간다. 가만 보니 베키 램스든이 자기 아이폰으로 아이들에게 굴착기 모는 고양이의 유튜브 영상을 보여주고 있다. 영상을 보려는 아이들 무리가 베키를 둥글게 에워싸고 있다. 몸을 숙여 그 틈바구니로 들어가 "아야"와 "이봐"와 "꺼져" 같은 소리를 들으며 베키 옆에 도달하는 그때 그애들의 목소리가 들린다.

"야, 무슨 냄새 안 나나?"

제이미다.

"무슨 냄새?"

아치.

"이 냄새는⋯⋯"

그리고 오스카.

"물고기 튀김."

"물고기 대가리."

"물고기 소년."

그애들은 어느새 운동장을 가로질러와 우리 무리를 맴돌고 있다. 나는 주위를 둘러보고 생각한다. 여긴 다시마숲이 아니야. 여긴 물고기떼, 베이트볼* 안이야. 이건 돌고래들이 고등어를 사냥할 때 쓰는 방법이다. 그들은 우리 무리를 한데 뭉쳐 회오리치게 만든다. 그리고 빙글빙글 주위를 돌며 바짝 더 바짝 조여온다. 그러다 입을 쩍 벌린 채 느닷없이 밀고 들어오고, 저 하늘에서는 슴새가 가마우지, 부비새와 함께 우릴 향해 다이빙한다. 광란의 먹이 사냥, 그 한가운데 우리 무리가 있다. 우리는 미끼이고 먹이이고 쉬운 표적이다. 바로 그때 아치의 물병 담긴 체육복 가방이 부웅 떠올라 내 머리로 날아든다. 덕분에 바닥에 나자빠지고 만다. 제이미가 무리를 뚫고 돌진해 들어오자 모두가 확 흩어진다. 이제 나와 그애뿐. 그애가 나이키 운동화 신은 발로 내 가슴팍을 누르며 코앞에다 얼굴을 들이밀고 말한다. "내 신발이 맘에 안 드나봐, 빌리? 그런 거야?"

---

* 작은 물고기들이 포식자에 저항하기 위해 빽빽이 뭉친 형태.

나는 거기 그대로 누워 수업종이 울리기를, 아침 당번인 커티스 선생님이 지나가기를, 제이미가 양턱을 쩍 벌리고 날 집어삼키기를 기다린다. 눈을 감고 기다리는데, 웬일인지 잠잠하기만 하다. 눈을 뜨고 보니 제이미가 뒷걸음질치고 있다. 어딘가 엄청 부자연스러워 보이는데다 팔인지 다리인지를 제대로 움직이지 못한다. 손가락 하나가 그애의 목을, 또다른 하나가 어깨를 누르고 있다.

"걔를 내버려둬." 손가락 주인이 말한다. 작은 목소리다. 손가락이 놓아주자 제이미는 털썩 주저앉더니 뒤로 물러난다. 처음 보는 아이가 두꺼운 파란색 체크무늬 점퍼를 입고 뿔테 안경을 쓰고 서 있다. 그애는 나보다 작다. 운동장의 다른 어떤 아이들보다도 작다.

"나는 폭력에 반대해." 그애가 그렇게 말하며 손가락 하나를 내민다. 가장 강력한, 오른손 가운뎃손가락. 나는 그것을 잡고 몸을 일으킨다. 손가락이 쑥 빠져버리진 않을까 싶었지만 그런 일은 일어나지 않는다.

"나는 빌리 시엘이야." 내가 말한다. "사람들은 날 '물고기 소년'이라 불러. 내 피부는 마치 파도처럼 오르내려. 내 마음은 마치 바다처럼 들고 나지."

"난 패트릭 그린." 그애가 말한다. "강철 손가락, 곰의 파위를 가졌지."

"무슨 곰? 갈색곰? 흑곰? 북극곰? 코알라?" 엄밀히 말하면 코알라는 곰과가 아니다. 사람들은 코알라가 매우 사랑스럽다고 생각하지만 사실 놈들은 성질이 꽤나 더럽다.

"엄밀히 말하면 코알라는 곰과가 아니지." 패트릭이 말하자 우리의 눈이 마주친다. "난, 회색곰이다." 그애가 으르렁거린다. 그토록 강력한 손에 비해 그다지 인상적이진 못한 소리다. 그애가 한 손을 내밀자 나는 그 강철 손가락들을 쳐다본다. 그것들이 내 손가락을 바스러트리는 상상을 한다. 내가 물끄러미 바라보고만 있으니 그애는 손을 거둔다. 그냥 엄지 악수만 나누기로 한다. 엄지손가락 하나만으로도 슈퍼파워가 느껴진다.

엄지손톱 아래로 다시 피가 돌기 시작하는 게 보인다. 창백하던 손가락이 분홍빛이 된다. 나는 패트릭 그린을 바라보며 넌 대체 어디서 왔니? 하고 생각한다. 오고 가는 것과 타이밍과 인생에 대해 생각한다. 종족과 무리, 물웅덩이에서 너무 오래 지체했다 뒤처져 허겁지겁 자기 무리를 쫓아가는 천방지축 동물, 북미산 순록, 알맞은 시기에 알맞은 장소에 있으려고 대륙과 대륙을 가로지르는 제비에 대해 생각한다. 하지만 이런 생각들이 그리 오래가진 못한다. 수업종이 울린다.

우리 뇌는 스스로를 보호한다

그날 내내 패트릭과 함께 어울려 다닌다. 알고 보니 그애는 런던의 크리스털 팰리스에서 왔다. 그전에는 아일랜드의 아마 카운티, 미국의 미네소타 블루밍턴, 스코틀랜드의 카일 오브 로칼시에 있었고. "아빠의 일이 유연성을 요해서 말이야." 그애가 말한다.

제이미는 우리를 조금도 귀찮게 하지 않는다. 베키와 셰리가 곁을 지날 때 패트릭이 그애들을 향해 손가락을 좌악 펴 보이자 둘은 걸어가며 웃음을 터트린다. 그애들은 여기에 재미를 붙인 게 분명하다. 점심시간에만 네 번이나 우리를 지나쳐간다.

마지막 쉬는 시간, 패트릭에게 '추락의 벽' 뒤에 있는 나만의 장소를 구경시켜준다. 들판 가장자리의 바위 하나를 기준으로 내 공간은 풀밭 쪽, 반대쪽부터는 콘크리트 바닥이 계단처럼 높아진다. 우리가 그 바위를 '추락의 벽'이라 부르는 건 하루가 멀다 하고 누군가가 거기서 떨어지기 때문이다. 가끔은 일부러, 보통은 우연히. 한번은 자크 와이밍이 거기서 파쿠르*의 버터플라이 킥 기술을 선보이려다 잘못되었다. 미끄러지면서 콘크리트 바닥에 머리부터 떨어지느라, 말하자면 한껏 짜부라지고 말았다. 결국 갈비뼈가 부러졌고 그때부터 자크는 '짜부'라는 별명으로 불렸다. 게다가 베다 베네라빌리스**의 탄생지로 떠났던 수학여행에도 못 가는 신세가 되었다. 그 여행 사실 꽤 괜찮았는데. 학교 관리인 로이스턴 아저씨는 '추락의 벽' 부근을 각별히 신경써서 치워야 할 거다. 그렇지 않으면 그 밑바닥은 온통 벌겋게 피 맺힌 콘크리트 천지일 테니.

우리는 벽 위로 올라가 추락하지 않을 만큼만 슬금슬금 뒷걸음질친다. 너무 뒤로는 가지 않는다. 풀에 맺힌 물방울에

---

* 자연 및 도시의 장애물을 활용해 신체를 단련하는 운동.
** '성 비드'로 널리 알려진 노섬브리아 출신의 기독교 수도사.

바지가 젖어 오줌을 싼 것처럼 보이면 안 되니까.

"1부터 4 사이에서 하나 골라봐." 패트릭이 말한다.

"범위가 너무 좁은데." 내가 어깨를 으쓱한다. "1부터 10
사이로 하면 안 돼?"

"안 돼."

"왜?"

"그냥 고르기나 해."

"알았어." 진지하게 고민한다. "3."

패트릭이 왼쪽 소매를 걷어올린다. 팔목에 네가 3을 고를 줄
알았지롱이라고 적혀 있다. 셔츠 밑에 글자가 살짝 찍혔다.

"멋진데." 나는 고개를 숙여 거기 적힌 숫자가 진짜 3이 맞
는지 확인하고 또 확인한다. 맞다. 내가 숫자 3 부류의 인간
처럼 보이는 이유가 뭐지? 다른 사람들도 나에 대해 그렇게
생각할까. 나보다 쿨한 사람들은 4를 고르는 걸까. 아니면 1?

"악수하자." 패트릭이 말한다. 시키는 대로 했다 손을 펴니
빨간색 스펀지볼이 그득하다. "매직 서클."● 패트릭이 말하
며 자기 코를 두드린다.

"전학 첫날부터 공을 가져온 거야?" 학교생활을 시작하기

─────────────

● 마술사가 바닥에 그리는 원. 그 안에 들어가면 마법에 걸린다고 한다.

전 내가 고른 것들은 온통 회색이었다. 회색 필통, 회색 가방, 회색 폴더. 상표도 무늬도 없고, 전혀 돋보이지도 않고 누구도 눈여겨보지 않는 것들이 전부였다. 나이키 운동화가 생기기 전까지는.

패트릭에게 공을 건네주고 우릴 보는 사람이 없나 확인한다.

"웅." 패트릭이 어깨를 으쓱한다.

베키와 셰리가 다시 지나쳐가며 웃음을 터트린다. 저쪽에서 제이디의 머리카락이 먼저 모퉁이를 돌고 뒤따라 제이디가 나타난다. 그리고 머리카락을 귀 뒤로 넘긴다. 바람이 불어와 다시 되돌려놓는다. 태양이 그애의 뱀파이어 책가방 위에서 빛난다.

어렸을 때 나와 제이디는 빨강과 노랑 플라스틱 꼬마 자동차를 타고 우리 동네 거리를 오르락내리락했다. 둘이서. 매일. 우리는 수많은 것들을 함께했다. 하지만 지금은 아니다. 그애는 모퉁이를 돌아 이사갔고 우리 둘 다 여기 입학했지만, 함께하는 건 말하자면 그냥 끝났다.

제이디가 과학실 창문을 지나쳐 사라진다. 햇빛 속에서 그애의 피부가 갈색으로 빛난다. 내 피부는 빨간색 스펀지볼과 똑같은 색깔이 된다. 이런 일이 왜 일어나는지 모르겠다. 그냥 가끔 그렇게 된다. 주로 그러지 말았으면 하는 순간에 꼭 그렇게 되고 만다.

나는 패트릭에게 그것에 대한 얘기는 하지 않는다. 아무에게도 말하지 않는다. 인문학 시간, 아히라 선생님이 칠판에 물의 순환주기 도표를 그리고 파란색 마커로 '물의 놀라운 여정'이라고 쓴다. 나는 침대 속 엄마와, 내 나이키 운동화와, 그것에 대해 생각한다. 창밖을 내다보고 있자니 그것의 얼굴이 내 얼굴을 향해 점점 가까워온다.

케즈도딕

케즈도딕

케즈도딕

"빌리?" 아히라 선생님이 날 보고 있다. 선생님의 질문이 뭐였는지 전혀 모르겠다.

"어……"라고 말하고 다시 홍당무가 된다.

수업종이 울리고 은근슬쩍 도망가려는데 선생님이 부른다. "과제는 어떻게 되어가고 있어?" 공식적으로 내 세계의 불가사의 과제는 오늘로 제출 기한을 일주일 넘겼다.

"괜찮아요."

"괜찮다니?"

"좀더 다듬어야 해서요."

"알았다." 선생님의 고개가 앞으로 살짝 기운다. 눈썹이 위로 올라간다. 지난주에 아히라 선생님과 아빠가 그 문제를 의논했다. 나, 그리고 우리에 대해서도. "무엇이든 필요할 때 선생님이 항상 여기 있다는 거, 알지?" 물론 선생님이 말하는 '무엇이든'이 색종이나 여분의 베롤펜 같은 걸 의미하는 건 아니지만 베롤펜이 좋기는 하다. 뚜껑을 열 때 나는 향이 좋다. "뭐든 할 얘기가 있거든⋯⋯" 선생님이 책상 위 종이를 정리하던 손을 멈춘다.

할 얘기 같은 건 없다. "알겠습니다." 나는 마인크래프트의 크리퍼처럼 스르륵 문 쪽으로 움직이며 대답한다. "안녕히 계세요."

밖으로 달려나와 패트릭을 따라잡는다. 패트릭네 엄마가 여동생을 데리고 패트릭을 태우러 왔다. 패트릭의 동생은 '엄마의 꼬마 천사'라고 적힌 분홍색 운동복을 입고 고래고래 악을 쓰는 중이다. "북극에서 좀 멀리 떠나왔네, 그렇지 않아?" 내가 패트릭네 차를 가리킨다. 흰색 폭스바겐 폭스FOX다. "하하, 북극여우. 알아챘어?" 패트릭네 엄마는 나를 쳐다보지만 웃진 않는다. 흰색 셔츠에 가운데 세로줄이 들어간 파란색 바지를 입고 운전석에 앉아 있다. 머리카락이 엄청 곱슬곱

슬한데 그 상대 그내로 움직이질 않는다. 거꾸로 들어 머리로 프라이팬을 닦으면 딱 좋을 것 같다. 패트릭네 엄마는 앞유리 밖을 응시하며 땀 맺힌 이마를 손으로 훔친다. 내가 쳐다보는데도 패트릭은 귀에서 젤리빈이 튀어나오는 마술을 동생에게 보여주느라 정신이 없다. 동생이 울음을 멈추고 젤리빈 하나를 자기 콧구멍에 넣는다. 나는 집까지 혼자 걷는다.

*

현관 계단 맨 위, 저글링을 하는 땅속 요정 아래 숨겨진 열쇠를 찾아 위층으로 올라간다. 늦은 시간에 살금살금 계단을 오르는 건 내 특기다. 비법이라면 양말과 스피드. 내가 거기 있다는 것조차 눈치채지 못하게 느릿느릿 움직일 수 있다. 계단 오르기와 야생동물 관찰에 유리한 능력치다. 둘 중 계단 오르기가 더 쉬운 건 왜냐, 태양의 각도와 그로 인해 생길 그림자 모양, 그 그림자가 드리워질 방향 따위를 걱정할 필요가 없기 때문이다. 만약 잘못된 시간, 잘못된 장소에 있다면 몸보다 그림자가 먼저 움직인다. 그러면 야생동물 관찰은 그걸로 끝이다. 계단에서는 전등을 켜지 않는 한 그럴 일이 없고, 나는 물론 전등을 켜지 않는다.

계단 끝에 이르니 방문이 살짝 열려 있는 게 보인다. 몸을 옆으로 해서 겨우 통과할 수 있을 만큼만 문을 민다. 방안의 빛이 정말 밝다. 꼭 바닷가에 서 있는 것 같다. 언제나 바다에서는 무엇이건 더 많이 얻는다. 빛도, 공기도, 바람도, 비도, 폭풍우도. 항상 가득이고 과하다. 바다는 스스로가 미쳐 날뛰도록 그냥 내버려둔다.

침대 위, 엄마 모양으로 불룩한 이불을 본다. 엄마가 쉬는 숨을 따라 오르락내리락한다. 나는 바닥에 흩어져 있는 잡지들 위로 발을 내디딘다. '적은 돈으로 누리는 사치' '당신의 몸을 사랑하는 법'이라고 적혀 있다. 아빠가 모델들의 얼굴에 잔뜩 낙서를 해놓아서 모두가 턱수염을 달고 사팔눈을 하고 있다.

엄마의 눈이 감겨 있다. 구름 한 조각이 태양을 가로질러 지난다. 엄마의 얼굴에 그림자가 드리워지는 모습을 바라본다. "안녕, 빌리." 엄마가 말한다. 나는 놀라서 펄쩍 뛴다. 눈을 감고 있는데 어떻게 알았지. 엄마는 안간힘을 써서 겨우겨우 짜내는 듯한 목소리로 말한다. "이리 들어오런?" 엄마가 이불을 젖혀준다. 흰색 바탕에 데이지가 수놓인 이불이다. 함께 테스코에 갔을 때 샀다. 집에 돌아와 엄마는 이루 말할 수 없이 실망했는데, 데이지가 이불 전체에 수놓인 것처럼 해놓

곧 막상 열어보니 꽃이라고는 포장에서 보이는 부분이 전부였기 때문이다. 나는 가방을 내려놓은 뒤 바닥에 널린 양말과 속옷과 잡동사니들 사이로 발을 디뎌 침대로 올라간다.

"오늘도 잘 보냈니?" 엄마가 힘겹게 눈을 뜨며 미소 지으려 애쓴다.

"과학 수업이 있었어요."

"너 과학 좋아하잖아."

"자연을 좋아하는 거죠."

"그러시군요." 엄마가 팔을 들자 나는 품속으로 파고들어 엄마의 어깨를 베고 눕는다.

눈을 들어 엄마를 본다. 두 눈이 다시 감겨 있다. "토론을 했어요."

"과학에 대해서?"

"미생물이요. 존스 선생님이 그러시는데 전 지적 호기심이 참 많대요."

"비스킷 먹을까?" 엄마가 액자 뒤 홉눕스 비스킷을 가리킨다. 액자에는 앨턴 타워의 기다란 물 미끄럼틀에서 찍은 우리 가족사진이 들어 있다. 아빠는 제대로 겁먹은 듯 보인다. 엄마에게도 비스킷 하나를 건넨다. 우리는 비스킷을 먹으며 창밖 바다를, 하늘의 밑바닥에 맞닿아 있는 수평선을 바라본다.

실제 바다는 저게 끝이 아닌데, 그저 우리가 볼 수 있는 게 딱 저 정도일 뿐인데. 만일 우리가 바다 전체를 한눈에 보게 된다면 감당할 수 없을 것이다. 뇌가 타버리고 말 테다. 무한함, 우주가 영원히 계속되고 계속되는 방식을 우리가 상상조차 못하는 것도 같은 이치다. 우리 뇌는 스스로를 보호한다. 우리가 감당할 수 있는 게 무엇인지 알아서 가려낸다.

현관문이 열리고 아빠와 누군가의 목소리가 들린다. 그들이 계단을 올라오고 있다. 엄마와 나는 서로를 한 번 쳐다보고는 얼른 이불에 떨어진 부스러기를 털어낸다. 엄마가 일어나 베개에 기대어 앉는다. 아빠가 문을 열자 주치의인 원솔 선생님이 눈에 들어온다.

"안녕, 꼬마 빌리." 원솔 선생님이 인사한다.

나는 그를 그냥 보고만 있다.

"내려가서 텔레비전 좀 볼까나, 아들?" 아빠가 말한다.

"별로요." 그러자 아빠가 내게 눈짓을 보낸다. 엄마가 내 머리에 뽀뽀한다.

"가보렴, 예쁜 아들."

나는 침대에서 나와 계단 맨 위에서 기다리며 조용히 엿듣기 기술을 최대로 발휘한다.

몽골 고비사막의 어둠 속에 있는 데이비드 경과 긴귀날쥐

의 모습을 떠올린다. 긴귀날쥐가 깡총거리며 다닌다. 앞이 안
보이는 채로. 온전히 소리에만 의지하여. 그래서 긴귀날쥐의
귀는 다른 어떤 동물보다도 거대하고 기다랗다. 데이비드 경
이 소곤댄다. "긴귀날쥐의 청각은 매우 예민해서 자고 있는
곤충까지 감지해낼 수 있습니다." 긴귀날쥐는 올빼미 한 마
리가 내는 소리에도 1.6킬로미터를 뛰어오른다.

문 뒤에서 아빠가 고개를 빠끔히 내민다. 내가 카펫에서 뛰
어오른다.

"내가 마지막으로 봤을 때 텔레비전은 분명 아래층에 있
었는데." 아빠가 내 머리를 헝클어트린다. "자, 이거 가져왔
다." 그러고는 주머니에서 트윅스 초코바를 꺼내며 윙크한
다. 밝게 빛나는 금색 포장지를 쳐다보고는 전혀 밝게 빛나지
않는 기분으로 계단을 내려온다. 〈블루 플래닛〉 DVD를 넣고
바다표범이 해변으로 올라오는 장면을 잠시 본다. 범고래 한
마리가 뒤쫓아오지만 바다표범은 몸을 돌려 범고래의 얼굴에
다 큰 소리로 한 번 짖어주고는 유유히 제 길을 간다. 죽임을
당하거나 먹히거나 하지 않는다. 그냥 제 길을 갈 뿐이다.

더 크게 더 검게

그날 밤 이런 꿈을 꾼다. 나는 해변에 있지만 진짜 해변도 아닌 것이, 여기저기 선인장이 있다. 선인장 가시 때문에 가뜩이나 발 딛는 곳을 잘 살펴야 하는데 심지어 맨발이다. 바다로 들어가려 아무리 애를 써도 바다는 멀어지고 또 멀어진다. 가까이 다가갈수록 더 멀어지기만 한다. 뒤이어 동굴이 나타나고, 그 동굴 옆에 제이미가 서 있다. 데이비드 경은 온데간데없다.

"잘 봐두라고, 빌리." 제이미가 말한다. "아름다운 놈이야." 그러면서 동굴 안을 가리킨다. 너무 어두워 안이 보이지 않는다. 동굴이 더 크고 더 검어진다. 쩌억 벌어지는 입처럼,

아예 동굴이 아닌 것처럼.

'동굴 입'이 계속 달려든다. 내게로 계속 뻗어온다. 그 뾰족뾰족한 바위들이 마치 이빨이라도 되는 듯. 선인장들이 바짝 다가오며 거대해진다. 나는 가시에 긁히지 않으려고 팔로 머리를 감싼다. 손으로 귀를 막는다.

"맘에 안 드나봐?" 제이미가 말한다. "그런 거야?"

도망치려 해보지만 아이스크림 트럭 한 대가 길을 막고 있다. 아이스크림 트럭은 내 손에 콘 하나를 쥐여주더니 토피퍼지와 스트로베리 치즈케이크, 버블껌, 크런치민트맛을 올리고 그 위에 초콜릿칩 아이스크림을 얹는다. 전부 들고 있을 수가 없다. 막 떨어트리려던 찰나 아이스크림맨이 고개를 빠끔히 내밀고 내 얼굴 가까이로 쑥 다가오기에 보니 윈솔 선생님이다. 동굴이 거대한 물고기 머리로 변하고, 그 크고 검고 이빨 가득한 입으로 모든 걸 집어삼킨다. 사방이 암흑으로 변한다. 그러고서야 잠에서 깬다.

뱅 & 블래스트

랍스터 알람시계가 집게발이 떨어져라 울어댄다. 보통은 알람이 울릴 일이 없다. 보통은 내가 알아서 일어난다.

　평소에 나는 잠들기 전 눈을 감고 원하는 시간을 머리에 말해준다. 효과는 꽤 좋은 편이다. 원리가 뭔지는 모르겠다. 언젠가 구글 검색창에 '머리 수면 프로그래밍'이라고 쳐보았더니 0.3초 만에 1460만 건이 검색되었다. '과학 및 엔지니어링 소프트웨어 무료 다운로드' '성공을 위한 수면' '잠들라, 그리고 위대한 아이디어의 원천을 꿈꾸라' 같은 것만 나와서 그 원리는 아직도 모른다. 1460만 개나 되는 보기 안에 답이 하나도 없는 경우도 있는 거다. 자연은 마법 같고 신비로우며 그 자체로 내버려두는 게 최고라고 생각한다(이렇게 검색하면 627만 건이 나온다). 신체와 두뇌는 놀랍다.

내 '두뇌 vs. 알람시계' 기록표에 체크한다. 알람시계 칸에 체크하는 건 이번이 딱 두번째다. 첫번째 체크는 아빠가 끝내주는 영화라고 장담했던 〈네버 엔딩 스토리〉를 보느라 늦게까지 깨어 있었던 다음날에 나왔다. 그날 밤 우리는 초대형 데어리 밀크 민트 크리스프 초콜릿 한 덩어리와 마시멜로 반통을 먹어치웠다. 뱃속이 엄청나게 꾸르륵거렸고, 날아다니는 용들이 나오는 꿈을 꿨다. 긴 검을 든 사람들이 계속 달려들며 내 팔과 다리를 썰어버리려 했다. 내 생각에 이건 '두뇌 vs. 알람시계' 대결에서 반칙이다. 알람시계의 건전지를 꺼내서 아이언브루*에 담갔다가 다시 시계에 넣고 어떻게 되나 지켜보는 것과 다를 바 없다. 물론 시계는 완전히 망가지고 말 것이다. 내 두뇌가 망가졌다는 말은 아니다. 다만 내가 꼭 당부하는 일을 할 때, 진정 필요로 하는 순간들에 배신하는 경우가 많다는 얘기를 하는 것뿐이다.

아래층으로 내려간다. 부엌에 아빠가 있다. "일어났나, 꼬마." 아빠가 겨드랑이에 손을 끼우고 구구거리며 닭 흉내를

---

* 스코틀랜드 탄산음료 브랜드.

낸다. 그리고 커피가 담긴 머그잔을 집어든다. "이거 독한 거야. 근처에도 가지 마." 아빠는 벌써 작업용 티셔츠를 입고 있다. 앞면에 파란색으로 '뱅 & 블래스트'(팡 & 펑), 뒷면엔 '던 & 더스티드'(탈탈 털어드림)라고 쓰여 있고, 웃는 얼굴이 달린 빗자루가 돌무더기를 쓸어담는 그림이 있다. 아빠가 커피를 마저 마신다. "가야겠다……"

"팡야!" 아빠가 잔을 내려놓기 전에 내가 손가락 총으로 쏘아 맞힌다. 아빠는 비틀비틀 냉장고 쪽으로 뒷걸음질친다.

"펑!" 아빠가 날 터트린다. 나는 카펫 위로 가서 폭발한다. 둘 다 죽은 채로 잠시 바닥에 누워 있다. "일찍 가야 돼." 아빠가 일어난다.

"또요?"

"비접착식 비닐 타일이 기다리고 있노라." 아빠가 그릇에 홉스 시리얼을 붓고 냉장고에서 우유를 꺼내 온다. '뱅 & 블래스트'는 아빠 가게의 이름이다. 사실 아빠 가게는 아니고 직원으로 일하는 곳이다. 사장은 하워드 아저씨다. 아저씨에게선 항상 치킨냄새가 난다. 그리고 수요일에만 가게에 나온다. 아저씨는 꼭 장난감 종합세트에 들어 있는 '엘라스티맨'•

• 신체 부위가 길게 늘어나는 장난감.

같다. 체크무늬 셔츠 끝에서 팔이 갑자기 툭 튀어나온다. 열어놓은 커튼 같은 헤어스타일에 콧수염은 크런치 초코바 포장지색이다. 이쑤시개도 엄청 많다. 아저씨는 스텝슨에서 카우보이 부츠를 신고 다니는 유일한 사람이다.

"자, 그럼." 아빠가 천장에 대고 손가락 총을 한 방 쏜다. 하워드 아저씨가 하는 행동 그대로다. 아저씨는 항상 "물론이지, 파트너" "여어, 안녕" 하며 카우보이식으로 말한다. 아빠가 시리얼 두 알이 내 그릇에서 춤추며 나와 조리대로 가는 흉내를 내며 말한다. "으악, 우릴 먹지 마." 나는 놈들을 훑은 뒤 으드득 소리를 내며 씹어먹는다. "준비물은 이상 없나?" 아빠가 책가방을 열고 안을 들여다본다. 나는 고개를 끄덕이며 지퍼를 닫는다. "잘했다, 청년." 아빠가 내 머리를 헝클어트린다. 부엌시계가 외양간올빼미 소리로 노래한다. 부엌시계는 정각마다 다른 새소리를 낸다. 나이팅게일이 10시, 오색딱따구리가 4시, 이런 식으로. 외양간올빼미면 6시다. 아빠가 바나나 한 개를 주머니에 쑤셔넣고 문으로 향한다.

그 꿈, 윈솔 선생님 꿈이 떠오른다. "그 사람이 뭐래요?"

"누구?"

"누군지 알잖아요."

"그 의사 누구?"

"네, 그 사람이요."

"그 양반 말이 자긴 우주를 구하고 싶다던데." 아빠가 윙크한다. "맘 편히 먹으라고, 친구" 하고는 손을 흔든다. 그리고 문밖으로 나가 저 거리로, 저 세상 속으로 들어간다.

나는 시리얼을 다 먹고 알갱이 없는 오렌지주스를 한 컵 마신 다음 찬장에서 콩 통조림을 한 개 꺼낸다.

콩?

그래 콩.

끝내준다콩

콩은 신호다. 콩 통조림이 밖에 나와 있으면 내가 수영하러 갔다는 뜻이다. 참치 통조림이 더 어울리는 선택이라고 생각할지도 모르겠다. 깡통에 물고기 그림이 있기도 하니까. 하지만 참치는 콩보다 위쪽 선반에 있는데다 가끔은 아예 없는 날도 있다. 그런데 콩은 언제나 잔뜩 있다. 콩은 꼭 사야 하는 거다. 아빠와 나는 알디 마켓에서 콩 통조림을 산다. 내가 "콩을 더 사야 할까요, 아빠?" 하면 아빠가 "그 말을 언제 할지 가슴이 콩닥콩닥했다콩" 한다. 내가 "네 캔?" 하면 아빠가 "끝내준다콩" 한다. 그러고선 내가 "알콩달콩 좋은 데 다녀왔지요" 하며 우리 둘은 생각해낼 수 있는 한 많은 콩 농담을 만든다. 때로 내가 "소시지가 든 건 어때요?" 하고 물으면 아빠는 "그 돈이면 콩을 두 개 살 수 있는데" 한다. 그래서 내가 "그럼 콩을 두 개 더 살까요?" 물으면 아빠가 말한다. "오키도키, 좋다콩."

그런 뒤 차에 가서 우리는 이름만 자이브일 뿐 트윅스와 다름없는 초코바를 하나씩 먹는다. 내 걸로 송곳니를 만들어 보인다. 아빠는 가끔 눈썹을 만들기도 하지만 더운 날에는 안 된다.

콩 통조림을 꺼내며 하는 이런 생각들이 나를 웃게 만든다. 이게 내가 신호로 콩을 선택한 또다른 이유다. 참치 통조림을 보면 그물에 걸려 갇힌 돌고래들만 떠오른다.

그래서……

다이빙

수영복을 입는다. 민달팽이가 서핑보드를 타고 둥둥 떠 있는 모습이 그려져 있다. 그게 참 뜬금없는 그림이라서 마음에 든다. 계절에 맞춰 수영복도 달라진다. 지금이 가을이기는 하지만 해가 쨍쨍하다. 그래서 반바지 수영복을 입기로 한다.

이 동네 아이들은 어슬렁거린다. 모두가 그렇다. 아프리카 들개처럼 우리에게도 각자의 영역이 있다. 그걸 둘러싸고 때론 싸움질도 한다. 자기 영역은 그냥 알게 마련이다. 제이미는 육지를 다스린다. 내 공간은 바다다.

나는 등교 전에 수영을 한다. 매일. 일찍.

엄마는 내가 공기주입식 분만용 욕조에서 태어났다고, 그때부터 지금까지 발차기를 멈추지 않았다고 한다. 부모님이 물 밖으로 꺼내자 나는 울었다. 다시 물속에 넣으니 울음을 그쳤다. 나는 물의 아기, 욕조의 아기, 미끄덩거리는 분홍빛 어떤 것이었다. 바다는 내 피 속에 있다.

펭귄 수건으로 몸을 감싼다. 옷은 전혀 입지 않고 신발도 신지 않는다. 아무것도 갖고 있질 않으니 누군가 슬쩍해갈 것도 없겠지. 스캠피 프라이스 한 봉지를 들고 고글을 목에 두른 채 해변까지 달린다. 모래사장에 다다르면 과자 봉지를 수건에 둘둘 말아 어느 바위 뒤쪽으로 훌쩍 던져놓은 뒤, 다이빙하기에 적당한 깊이가 될 때까지 계속 달린다. 그리고 다이빙한다. 바다가 내 모든 것을 덮치도록 그냥 둔다. 나를 통째로 집어삼키는 것만 같다. 찬 기운이 머리를 콕콕 쏜다. 팔을 길게 뻗고 발차기를 하자 제이미와 그 꿈과 원솔 선생님과 그 모든 것들이 머리에서 바다로 흘러나간다. 마치 잉크가 새어나가듯이. 조그만 먹구름이 흘러가듯이.

그러다 눈을 떠보니.

뭐라고?

저기 그것이 있다.

　진짜 리얼하고 상상조차 못해본 일인데 이거.

　고등어다. 날 똑바로 쳐다보고 있다. 그 얼굴을 어찌나 바짝 댔는지 녀석의 입이 내 고글의 파노라마 렌즈에 똑똑 부딪힌다. 전에 봤던 그 녀석이 맞는지는 모르겠다. 대체 그런 걸 어떻게 아는 걸까. 거북이 두 마리를 두고 하나는 콜린, 다른 하나는 테레사라 부르는 사람들처럼 말이다. 둘은 완전히 똑같아 보이는데. 그 사람들은 정말 둘을 구분할 줄 아는 걸까, 아니면 넘겨짚는 것뿐일까.

　왼쪽과 오른쪽을 둘러본다. 위와 아래를 살펴본다. 해저,

그림자, 바위, 푸름. 나머지 무리는 어디에도 보이지 않는다. 나는 정면을 바라본다.

두 눈이 아직 거기 있다.

빤히 바라보는 눈.

고등어는 1초에 5.5미터를 헤엄친다. 포식자로는 참치, 고래, 돌고래, 바다사자, 상어, 거북이, 펠리컨이 있다.

고등어는 모든 것을 두려워한다.

이 녀석도 나를 두려워해야 옳다.

그런데, 아니다.

이리저리 출렁인다. 둘이 똑같이. 우리 뇌에 자석이 박혀 있기라도 한 것처럼.

저 위 수면에 빗방울이 떨어지기 시작한다. 큰비는 아니다.

녀석이 약간 초조해하는 것 같다.

비를 좋아하지 않나보다.

아니면 그냥 지겨운 건지도.

녀석이 고개를 갸웃거린다. 뭔가 원하는 게 있는 걸까. 모르겠다.

출렁출렁.

깐닥깐닥.

빤히.

공기가 필요하다. 수면으로 올라가 숨을 들이마시고 다시 잠수한다. 녀석은 떠났을까?

아니.

귓속에 바닷물이 꽉 들어찬다. 머리가 웅웅거리고 멍해진다. 희한한 종류의 고요함이다. 나와 이 고등어가 엘리베이터에 함께 갇혀 있는 느낌이다.

녀석을 만져보아도 될지 궁금해진다.

나는 손을 들어올린다.

녀석이 미쳤어? 하는 눈길로 날 본다. 속상하다. 프루트 파스텔 젤리를 권한 사람을 쳐다보는 고양이의 눈 같다.

그래라 그럼.

내 애완물고기가 되기 싫다 그거지. 어차피 마땅히 쓰다듬을 곳 한 군데 없으면서.

나는 손을 거둔다.

녀석의 비늘을 살펴본다. 몸 옆에 흉터가 있다. 몸통에 가시철망을 두른 채 자라난 나무둥치 같다. 플라스틱 캔 홀더에 끼인 적이라도 있는 걸까? 우리의 무분별함이 부끄럽다.

녀석이 나를 바라본다.

나도 바라본다.

녀석이 바라본다.

조류가 우리를 흔들어놓는다.

녀석이 입을 연다. 그 안은 매끄럽고 진주처럼 희다.

물고기 소년,

녀석이 말하자 내 심장이 멎는다.

케즈도딕

녀석은 나를 말하게 만들려는 듯, 입 밖으로 단어들을 내놓게 달래려는 듯, 지느러미를 팔락인다. 녀석의 눈은 밝고 활기차다. 목소리는 터널처럼 깊다. 나는 무슨 말을 해야 할지 도무지 모르겠다. 대체 무슨 말을 하라는 거야?

케즈도딕

케즈도딕

"뭐라고?" 내가 묻는다.

케즈도딕의 뜻도 모르는 애는 바보 멍청이가 분명하다는 듯

녀석은 고개를 갸웃거리더니 헤엄쳐 떠나버린다. 물고기들에
게도 문이 있다면 바로 지금, 녀석이 내 면전에 대고 그 문을
쾅 닫아버린 기분이다.

도망

물 밖으로 나와 수건을 집어들고 뛴다.

나, 소년은 빗속을 달려 나, 물고기는 면도날 같은 가시가 달린 산사나무 울타리를 요리조리 빠져나와 나, 물고기 소년은 '개구리 조심' 팻말을 폴짝 뛰어넘어 부엌으로 들어간다. 시계를 본다. 7분 11초. '맨발 달리기' 부문 최고 기록이다.

엄마가 일어나 있다. 잠옷 차림으로, 정원에서. 녹색과 흰색 줄무늬 그네의자에 앉아 〈테이크 어 브레이크〉•를 읽고 있다.

• 여성을 주독자층으로 하는 영국 주간지.

나는 의자 옆에 선다. 물을 뚝뚝 흘리면서. 가슴이 정신없이 오르락내리락한다. 좀 멈추게 하려고, 정상으로 되돌리려고 애를 쓴다.

"엄마, 안녕."

"괜찮아, 너?"

"그럼요." 내가 말한다. "아주 좋아요." 심장이 쿵쿵대면서 머릿속이 케즈도딕, 케즈도딕, 케즈도딕 한다. 내가 미쳐가는 걸까.

"엄만 혹시 믿어요……?" 나는 수건 가장자리를 만지작거린다. "그런 거요."

"그런 거, 뭐?"

"몰라요." 나는 저리로 눈길을 돌린다.

"신, 유령, 마시멜로맨 같은 거? 그런 거, 뭐?" 엄마가 손으로 집게를 만들어 내 다리를 앙 문다.

"아무것도 아니에요." 다리를 뺀 뒤 수건으로 몸을 감싸고 엄마 옆자리에 앉는다. 함께 그네를 탄다. 엄마가 들고 있는 잡지 속 사진을 본다. 수영복 차림의 앤젤리나 졸리가 머리를 뒤로 쓸어넘기며 바다에서 나오고 있다. 그걸 보고 있으니 우리도 그렇게 했던 시절, 엄마가 내게 수영을 가르치던 그때가 생각난다.

"윈솔 선생님이 몇 가지 검사를 진행중이셔."

"왜요?"

"너도 알잖아 왜인지." 엄마가 내 팔을 쓰다듬는다.

사실 모른다. 내가 아는 거라곤 작년 6월에 엄마가 수두를 앓았다는 것뿐이다. 열이 얼마나 심했던지 엄마는 아빠도 나도 알아보질 못했다. 그러고서 수두는 괜찮아졌다. 엄마는 괜찮아지지 못했지만. 그다지. 이마에 맺힌 물방울 하나가 앞머리로 떨어져 다리를 타고 흘러내린다. 혹 녀석이 건드렸던 물방울은 아닐까. "전 현미경이 싫어요." 내가 말한다. "사람들은 뭔가 알아내려고 들쑤시는 걸 멈춰야 해요. 간섭하지 말고 그냥 내버려둬야 해요. 그 자체로 있게 둬야 해요."

"그랬다가 잘 안 되면?" 엄마가 묻는다. "뭔가가 잘못되면?"

물방울이 콘크리트 바닥에 스며드는 모습을 바라본다. "자연이 해결할 거예요. 자연은 최고거든요. 자연이 고칠 수 있어요. 우리가 그냥 맡겨두기만 하면요. 언제나 그래요. 자연은 언제나 방법을 찾아요."

햇빛이 엄마의 머리카락에서 빛나며 갖가지 색깔이 튀어나오게 만든다. 절친 레슬리 이모가 매달 엄마의 머리를 염색해준다. 지금까지 두 사람은 '존스 코너(실은 코너가 아니라 길 한가운데 있다)숍'의 '개인위생' 선반에 있는 엄색약 중 '별밤의 블루블랙' 색을 빼고는 모든 걸 다 써봤다. 지금은 '알밤 브라우니' 색에 도통 빠질 기미가 보이지 않는 '물앵두나무' 색이 조금 섞여 있다.

"꼭 킹피시 같아요." 엄마의 머리에서 시선을 떼지 않은 채 말한다. "띠처럼 보여요."

"어디가?" 엄마의 눈썹이 반달 모양이 된다.

"엄마 머리카락에 줄무늬가 있는 것처럼 보여요."

"자세히 얘기해봐." 엄마가 눈을 감는다.

"킹피시에 대해서요, 아님 머리카락에 대해서요?"

"물고기." 엄마가 말하며 내 다리를 톡톡 친다.

"킹피시는 거대해요." 내가 말하자 엄마가 고개를 끄덕인다. 그걸 보고 엄마가 눈은 감았지만 듣고 있다는 걸 안다. 내 두뇌 모드를 '데이비드 애튼버러 경의 〈아프리카〉 DVD 박스세트'로 바꾼다. "킹피시는 사람만큼이나 크고, 정말 대단한 사냥꾼이면서 엄청 포악해요. 그런데 일 년에 딱 한 번, 하고 있던 모든 걸 멈추는 때가 있어요. 온 바다에서 모두가 일제히 멈춰요. 혼자 하던 일도 무리 지어 하던 일도 멈추고 전부 모여요. 정말 진풍경이죠. 바다를 벗어나 민물로 헤엄치는데 그러는 동안엔 모두가 한없이 차분하기만 해요. 포악함은 내

52

려놓고 사냥도 멈추죠. 그저 커다란 원을 그리며 둥글게 둥글게 둥글게 헤엄칠 뿐이에요. 물고기들의 거대한 원을 그리면서요. 거기 가는 이유는 산란도 사냥도 먹이도 아니에요. 그냥 느긋하니 둥글게 헤엄칠 뿐인데 그게 정말로 아름다워요. 한 폭의 그림처럼요. 그러고는 다시 강을 따라 내려가요. 그쯤 해두고 돌아가라 지시한 물고기도, 왜인지 아는 물고기도 없어요. 왜인지 알 필요가 없어요, 그렇지 않겠어요. 그건 그냥 하는 일이고, 또 해야 하는 일이니까요. 그게 그냥 그들이니까요. 굳이 들쑤셔가며 알아낼 필요가 킹피시들에겐 없어요. 필요한 건 그 일을 온전히 해나갈 수 있게 방해받지 않는 것뿐이에요."

엄마가 내 팔을 쓰다듬는다. 꽉 쥔 내 주먹이 보인다. 엄마가 쓰다듬어주자 다시 힘이 풀리면서 어깨가 내려간다. 엄마 잠옷에 그려진 스코티시테리어들이 엄마의 호흡을 따라 움직이는 모양을 쳐다본다. 위로 또 아래로 뛰지만 정말로 느리다. 어렸을 때 공원의 빨간 코끼리 점프대와 푹신한 소방차 놀이기구 위에서 뛰던 우리를 생각한다. 타이어 그네를 타러 갔을 때 타이어에 닿자 쓰러져 죽은 척하던 엄마. 우리를 뒤쫓곤 했던 아빠. 그러면 우리는 그 길을 달려내려가 들판을 건널 거였다. 그리고 나는 우리가 언제까지나 그런 모습이리라 생각했다. 우리는 달릴 거였다. 영원히 그럴 수 있을 것처럼, 영원히 멈추지 않을 것처럼. 우리의 두 다리가 계속 움직여줄 것처럼. 계속, 계속, 계속.

물속의 뇌

손목시계를 본다. 8시 37분. 학교! 위층으로 뛰어올라가 교복을 입는다. 젖은 다리에 옷이 좀 감긴다. 문을 쾅 닫고 달린다. 가로등 사이를 돌고 갓돌을 뛰어넘는다. 큰돌고래 무리로부터 도망치는 물고기떼처럼.

16분 57초 만에 학교에 도착한다.

그래도 지각이다.

입구 안내처의 툴런 선생님이 내 젖은 머리에서 물이 뚝뚝 떨어지는 걸 보고는 미닫이 창문 너머로 휴지 한 장을 건넨다. 전화기가 울리자 창문이 다시 닫힌다. 나는 휴지를 바라보며 그 고등어를 생각한다.

교실로 걸어가면서도 그 고등어를 생각한다. 내 발걸음이

궤즈도딕

궤즈도딕

궤즈도딕 한다.

데이비드 경이 말한다. "세상에 알려지지 않은 비범한 생명체들도 많고 많습니다."

아히라 선생님이 부른다. "빌리."

내가 "네?" 하자,

선생님이 "집중" 한다.

그날 하루를 '물고기 좀비'처럼 보내고 뇌는 물속에 잠긴 상태로 집까지 걷는다.

현관 계단을 올라 부엌으로 들어간다.

아빠가 LED 주전자로 면에 수분 공급을 하고 있다.

"아빠, 안녕."

"여어, 안녕하신가." 아빠가 그릇마다 노란색 가루를 뿌린다. 그게 빙글빙글 돈다. 내 머리도 빙글빙글, 부엌도 빙글빙글. 아빠가 내 눈을 들여다본다. "너 괜찮아?"

"으음." 내가 어깨를 으쓱한다.

"으음?" 아빠가 묻는다.

"으음."

"그냥 으음?"

"으음." 금파리 한 마리가 화분 속 바질 이파리에 숨어 있는 게 보인다.

"그래 그럼." 아빠가 그릇들을 집어든다. "무슨 뮤지컬 하는 것도 아니고. 어서 먹기나 하자."

거대 다시마

다음날 아침, 나는 수영하러 가지 않는다. 오늘은 아니다.

소금물에 적셔지지 않은 상황을 내 피부가 잘 버텨내고 있는지 계속 확인한다. 잘 버티고 있다.

머릿속은 그렇지 못하다. 온통 말하는 고등어 천지다.

아무에게도 말하지 않을 거다.

나는 선생님들의 '집중하세요 눈썹'을 엄청 많이, 패트릭의 '너 대체 무슨 일이야 팔꿈치 찌르기'를 세 번 받는다. 거기에 '럽어덥'• 카드 마술의 엔딩을 놓친 대가로 볼 팅기기도 한

• rub-a-dub, 카드를 사라지게 하는 마술의 한 종류.

판. 학교를 마치고 패트릭네 집에 가기, 그리고 보통 사람처럼 행동하기를 약속하고서야 그애의 손가락이 겨우 멈춘다.

엄마가 가도 좋다고 한다. 가는 길에 당근 세 조각을 먹겠다는 약속만 하면.

고민이다. 패트릭에게 얼마나 말해야 할지. 전부 다? 아님 아예 하지 말까?

생각에 잠겨 현관 계단을 내려간다.

물고기
　　　　소년
물고기
　　　　소년
물고기

그리고 길을 따라 걷는다.

기다란 길 양옆으로 집들이 다닥다닥 서 있지만 예쁘다. 우리는 내내 여기 살았다. 그런 건 기분이 좋다. 행복한 어떤 것의 모양 같아. 빈백*에서 일어나며 움푹 팬 모양을 남길 때처

● 천 자루에 작은 플라스틱 조각이나 스티로폼 알갱이로 속을 채워 만든 의자.

럼. 그런 건 편안하다. 그걸 보면 내가 거기 있었노라 말할 수 있다. 움푹 팬 모양은 내가 멋지고 편안한 시간을 보냈노라 말해준다.

건널목에서 멈춘다. 여기에서 곧장 앞을 보면 바다가 눈에 들어온다. 제이디네 집도 보인다. 제이디네 집은 바다 전망에 해변 바로 앞이다. 우리집은 아니다. 그래도 해변이 보이기는 한다. 내 방에서, 그리고 우리집 방 전부에서. 그냥 조금 높이 올라가기만 하면 된다. 그거면 된다.

도로 아래를 내려다본다. '존스 코너숍'으로, 학교로 이어지는 길로, 마을로 눈길을 돌린다. 현상금 걸린 좀비 티셔츠를 입은 제이디가 나오는 모습이 보인다. 그애가 멈춰 서서 쳐다보자 나는 몹시 당황하며 손을 흔든다. 그애가 내 낯빛을 볼 수 없을 정도로 멀리 있는 거면 좋겠다.

제이디도 손을 흔들어준다.

데이비드 경이 말한다. "적합한 환경이 주어지면 거대 다시마는 하루에 7에서 12센티미터까지도 자랍니다."

길을 건너 크로크룩 드라이브를 향해 가는 동안 내가 매우 큰 것처럼, 지난 일 분 사이에 7센티미터는 자란 것처럼 느껴진다. 그리고 생각한다. 전부 다, 패트릭에게 전부 다 말할 거야.

자유

웰퍼드 스트리트를 지난다. 머스턴 로드를 내려간다.

집들이 드문드문해지고, 정원이 커지고, 차들이 으리으리해진다.

'헤더 힐 클로스'라 적힌 표지판이 보인다. 거기 그려진 고슴도치의 말풍선에 '커뮤니티 건설'이라고 쓰여 있다.

패트릭네는 21호다. 단독주택이면서 우리집처럼 줄 맞춰서 있지 않고 혼자 뚝 떨어져 있다. 주변을 둘러본다. 정원에서 노는 사람이 아무도 없다. 거리에서 노는 사람도 없기는 마찬가지다. 얼룩 고양이 한 마리가 나를 보고는 덤불 아래로 도망친다. 데이비드 경을 찾아보지만 그는 한창 통나무배를 타고 노를 저어 하류로 가는 중이다. "사향쥐들은 오두막의 침구를 갈아주는 것으로 임대료를 대신하고 있는지도 모릅니다." 그게 무슨 소리냐는 듯 눈썹을 치켜떠보지만 그는 사라진다. 강 하류로. 그리고 더는 아무 말도 않는다. 자연은 정신 사납다. 나는 현관문 쪽으로 몸을 돌려 벨을 누른다.

안으로 들어갈 때는 신발을 벗어야 한다. 집에서 페인트와 새 카펫 냄새가 난다.

패트릭네 엄마가 사과를 잘라 플라스틱 그릇에 반씩 담아준다. 나는 파란색 그릇을 고른다. 우리는 식사 구역으로 가서 아직 비닐을 뜯지 않은 쿠션들이 놓여 있는 의자에 앉아 사과를 먹는다. 내 손가락이 사과 조각에 더러운 자국을 남긴다. 패트릭의 동생이 '리틀 미스 메시' 티셔츠를 입고 들어와 소리친다. "나니, 나니, 나니." 그러면서 장난감 진공청소기로 문틀을 정말 거세게 내리친다. 쾅, 쾅, 쾅. 문틀에 파란색 플라스틱 자국이 남는다. 결국 참교육 구역에 앉혀지더니 목이 터져라 소리를 질러댄다. 패트릭이 위층으로 올라가며 코에서 플라스틱 말을 빼내 동생에게 건넨다. 동생은 울기를 멈추고 노던클링피시처럼 패트릭의 다리에 들러붙는다(노던클링피시는 실제로 한번 들러붙으면 자기 무게의 230배까지 들어올릴 수 있고, 초강력접착제 개발에 영감을 주기도 했다). 패트릭네 엄마가 우리 앉았던 곳에 스프레이를 뿌리고 닦는다.

패트릭의 방, 선반 위 상자들에 이름표가 붙어 있다. **우주,
자동차, 전쟁, 레고**. 내가 **레고** 상자에서 밀레니엄 팔콘을 집
어든다. 레이저 대포의 방향을 조절해보려고 하는데 꼼짝도
않는다.

"엄마가 초강력접착제로 붙이라고 했어."

"왜?"

"조각들을 잃어버리지 않게." 그러면서 패트릭은 창틀에
밀레니엄 팔콘을 후려친다. 작은 조각 하나 떨어지지 않는다.
우리는 선반에서 **우주** 상자를 내려 망원경으로 창밖을 내다
보며 흥미로워 보이는 것들을 찾는다.

"저기!" 패트릭이 말한다.

아까 본 얼룩 고양이가 꼬리를 세운 채 정원에 쪼그려앉았
다. "네 고양이야?" 내가 묻는다.

"말똥가리!" 패트릭이 말한다. "저기 나무에." 내 눈엔 아
무것도 보이지 않는다.

우리는 망원경으로 서로의 눈알을 들여다보고 〈마술의 대
가들〉 DVD를 본다. 황금색 비키니를 입은 여자가 장식장에
들어가 세 부분으로 조각난다. 마술사가 여자의 몸통을 따로
떼어내 앞뒤로 민다. 여자는 자기가 아직 살아 있음을 보여주

려고 계속 꼼지락거린다. 그 꼼지락거림을 보고 있자니 기분이 이상하다.

패트릭이 화면을 끄고 돌아선다. "짜잔." 그렇게 말하자 바지에서 거북이 한 마리가 생겨난다.

"앗." 나도 모르게 얼굴이 찡그려진다. 거북이가 저 안에 대체 얼마나 오래 앉아 있었던 걸까.

"얘는 랭고야." 패트릭이 거북이를 침대 위에 올려놓는다. 바지 속 경험이 아주 당혹스럽지는 않았던 모양이다. 나는 랭고의 다리 비늘을 쓰다듬는다. 다리를 저리 빼는 걸로 봐선 좋아하는 것 같진 않다. 녀석이 숨을 쉴 때 턱 아래 목이 들고 나는 모습을 관찰한다. 그 멋들어진 작은 입으로 하품을 한다. 분홍빛 조그마한 혀가 꼭 부리처럼, 아기새처럼 보인다.

정원을 내려다보니 잔디가 말끔히 깎여 있다. 꽃도 식물도 아무것도 없다. 데이지조차도. "우리 개 놓아줘야 해." 내가 말한다. "잠깐 동안이라도. 가고 싶은 곳으로 갈 수 있게 하자." 패트릭이 랭고를 아래층으로 데려가게 해준다. 나는 랭고가 겁을 먹고 내 소매에 실례하는 상황에 대비해 꼬리에서 먼 쪽을 잡는다. 랭고를 풀밭에 놓는다. "이제 가" 하며 랭고가 강아지라도 되는 양 손뼉을 쳐준다.

"해방, 해방이다!" 패트릭이 소리친다. 랭고는 등딱지 깊

숙이 고개를 넣고 있다. 그러다 다시 고개를 꺼내서 마침내 움직이는 모습을 우리는 지켜본다. 거북이치고는 굉장히 빠르다. 랭고의 눈에 이 세상은 어떤 모습일까. 작디작은 돌기도 산처럼, 한 포기 풀도 정글처럼 보이겠지. 나는 문득 궁금해진다. 랭고도 지금 그런 생각을 할까. 아니면 그저 헤엄칠 뿐이라고 느낄까. 어느 거대한 초록빛 바닷속을.

랭고가 하와이언 선라이즈 화분 뒤에서 옴짝달싹 못한다. 다용도 집게로 꺼내 가던 길 위에 다시 놓아준다. 패트릭네 엄마가 손에 비닐봉지를 끼고 나와 고양이 응가를 집어든다. "너희들 배고프니?"라고 물으며 쓰레기통으로 응가를 던진다.

"괜찮아요." 나는 그 비닐봉지 손을 계속 쳐다보며 대답한다. 패트릭네 엄마는 항균 클리너로 손을 닦는다.

"보여줄 게 있어." 패트릭이 벌떡 일어선다.

"또 뭘?" 그애의 바지 아래에 다른 뭔가가 더 들어 있지 않길 빈다. "타란툴라는 싫은데." 무심코 내뱉고 만다.

패트릭이 눈을 가늘게 뜨고 쳐다본다. "내가 타란툴라를 왜 가지고 있는데?"

"그냥 확인 한번 해봤어." 타란툴라는 자연적으로 만들어진 틈에 집짓기를 좋아한다.

"가자." 우리는 옆문을 통해 차고로 들어간다. 한쪽 모퉁이가 치워져 있다. 두꺼운 종이상자들의 숲 한가운데 조그맣게 빈 사각의 공간. 철제 진열장 두 개를 간신히 통과해 그곳으로 들어간다. "내 마술 공연장 같은 거야." 패트릭이 말한다. "앉아." 그러면서 빨간색 플라스틱 의자를 가리킨다. 나는 자리에 앉는다.

"쟤네들은 어디에 쓰는 거야?" 놀이용 카드 팩들을 쌓아 만든 거대한 더미를 가리킨다.

"만지지 마!" 패트릭이 몸을 획 돌린다.

"안 만져!" 얼른 손가락을 뗀다.

"날에 따라 쓰는 카드 세트가 다 다르거든." 패트릭이 WD40● 스프레이 상자 위에 올려둔 검정 플라스틱 쟁반을 든다. 그러고는 획, 위를 덮고 있던 검정 천을 걷는다. 쟁반 가운데에, 뭔가를 넣도록 구멍이 난 미니 단두대 같은 것이 있다. 당근도 있다. 패트릭이 구멍에 당근을 넣고 반으로 절단한다. 나는 아무 말도 않지만 눈치채고 있다. 패트릭이 날 위해 쟁반 위의 이 장치를 준비했다는 걸. 이런 건 기분이 좋다.

"거기 손가락을 넣어봐." 패트릭이 말한다.

이런 건 기분이 좋지 않다. "지금?" 갑자기 내 손가락에 애

● 녹 제거, 윤활, 세척 등에 쓰는 다용도 화학제품.

정이 물씬 생겨난다. "그냥 다른 당근 쓰면 안 돼?"

"빌리."

"왜!" 내 양손이 겨드랑이 아래에 끼워져 있다.

"날 못 믿는 거야?"

장난하나? 이렇게 생각하지만 말하지는 않는다. "뭐." 내가 어깨를 으쓱한다. 목소리가 좀 갈라져 나온다. 양손은 그 자리 그대로다.

"6부터 10 사이에서 하나 골라봐." 패트릭이 잔디 깎는 기계 위에 쟁반을 내려놓는다.

"범위가 너무 좁은데. 1부터……"

"그냥 골라."

진지하게 고민한다. 저번에 3을 골랐으니 만약 동일한 숫자 배열로 간다면 이번엔 7을 고르리라 그애가 추측할 거라고 추측해본다. "8." 내가 말한다.

"노 모어 네일스* 아래를 봐."

나는 철제 진열장으로 몸을 돌려 통을 집어든다. 밑에 노란색 포스트잇이 붙어 있다. 네가 8을 고를 줄 알았지롱이라고 적혀 있다.

---

* '못은 이제 그만'이라는 이름의 접착제.

"흐으음."

"손가락." 패트릭이 단두대를 가리킨다.

잃어버리게 되면 가장 속상할 손가락이 무엇일지 고민한다. 왼손 새끼손가락을 내놓기로 하고 구멍에 거의 집어넣었다가 다시 뺀다. "이거 전에도 해본 적 있어?"

"어떨 것 같은데?" 패트릭이 절단부에 손을 올려놓는다.

"그걸 내가 어떻게 알아?"

"날 믿으라고. 오케이?" 패트릭이 나를 똑바로 쳐다본다. 나도 그애를 똑바로 쳐다본다. 제이미를, 운동장을, 그날 패트릭이 구출해준 일을 떠올린다.

"오케이." 손가락을 넣고 눈을 감는다. 어깨가 위로 들린다.

"준비됐어?" 피가 얼마나 많이 쏟아질까. 잘린 손가락을 다시 붙일 수는 있으려나. 패트릭이 칼날을 올린다. "3, 2, 1⋯⋯"

공기가 쉭 소리를 내며 피부를 스쳐지난다. "케즈도딕." 내가 말한다. 멈출 새도 없이 그냥 불쑥 튀어나오고 만다. 칼날이 딸깍, 밑면에 닿는다.

"케즈도딕?" 패트릭이 묻자 나는 눈을 뜬다. 차고 안이 뿌예진다. 손가락이 아직 구멍 안에 있다. 손을 뺀다. "케즈도딕?" 패트릭이 다시 묻는다. 내가 모르는 뭔가를 자긴 알고 있다는 듯이.

"물고기였어!" 이 말이 입 밖으로 나오다니 믿을 수 없다. 머릿속에서 사이렌이 울리기 시작한다. **닥쳐 닥쳐 닥쳐** 사이렌이다. 하지만 나는 닥치지 않는다. 손에서 땀이 난다. "말하는 물고기야." 내가 말한다. "고등어였어." 왠지 더 구체적일 필요가 있다고 느낀다. 모조리 설명하면 그나마 좀더 말이 될 거라는 듯이. "흉터가 있고 말하자면 좀 이상한 모양인데……" 생김새를 설명하려 해본다. "내 이름을 알고 있었어."

패트릭에게 털어놓으니 가슴속에 꽉 끼어 나를 짓누르고 있던 방울 하나가 떠내려가는 듯한 기분이다. 가볍고 자유로워지는 것처럼, 무엇이든 가능한 것처럼……

그러나 실은 그렇지가 않다.

바보

쿵, 다시 지상으로 떨어진다. 어찌나 거세게 추락하는지 바닥에 거대한 구멍을 만든 것 같다. 헬리콥터에서 떨어진 허머 자동차처럼. 협곡 낭떠러지 너머로 돌진한 와일리코요테*처럼. 차고 바닥에 '내 모양 구멍'이 찍힌 것처럼. 왜냐하면 이제 막 깨달았거든. 사실상 유일한 친구에게 방금 이보다 더 멍청할 수 없는 소리를 했다는 걸. 완벽하고도 완전한 바보로 보이리라는 걸. 이대로 그냥 사라져버렸으면 좋겠다.

차고 문 저편에서 경적소리가 들린다. 〈듀크 오브 헤저드〉**

• 애니메이션 시리즈 〈루니툰〉의 캐릭터.

멜로디다. 이건 정말 기적이다. 아빠다. 자리에서 황급히 일어서다 빨간색 의자를 우당탕 쓰러트리고 만다. 의자가 쟁반을 친다. 쟁반이 흔들거리다 결국 떨어진다. 단두대가 바닥에 내동댕이쳐지며 박살난다.

고개를 들어 패트릭을 본다. 무슨 말을 해야 할지 모르겠다. 그래서 하지 않는다. 그냥 달린다. 차고를 가로질러 문밖으로, 정원을 가로질러 거리로 달려나간다. 돌아보지 않는다. 확성기 달린 빨간색 캐딜락에서 아빠가 하워드 아저씨와 함께 기다리고 있다. 차에 올라탄다. 패트릭네 엄마가 창가에서 눈살을 찌푸린다. 아저씨는 눈가를 덮고 있던 앞머리 커튼을 열어젖히고 이 사이에 문 이쑤시개를 손가락으로 튕기며 또다시 경적을 울린다. 아저씨가 시동을 걸자 CD 플레이어에서 행크 윌리엄스가 부르는 〈헤이 굿 루킹〉이 흘러나온다. 아저씨는 음악을 크게 트는 걸 좋아한다. 차창이 죄다 열려 있는 덕분에 온 거리가 노랫소리로 쿵쿵 울린다. 다른 집들 창문에 하나둘 얼굴이 나타난다. 대부분이 찡그리고 있다.

아저씨가 손가락 총 끝에 대고 연기를 불더니 사람들에게 손을 흔든다. 아저씨는 지금껏 창피함이란 걸 느껴본 적이 있

●● 미국 액션 코미디 드라마.

기는 할까.

"너 괜찮아?" 내 낯빛을 보고 아빠가 묻는다.

"우리 차는요?"

"우리 차가 고장이 났어." 아빠가 대답한다. 우리는 행크의 노래 너머로 목소리가 들리도록 양손을 입가에 대고 소리지른다.

"오케이, 달려볼까." 아저씨가 손가락 총을 만들어 차 천장을 가리킨다. 나는 뒷자리에서 딕시랜드 치킨 상자 더미와 버드와이저 여섯 병 묶음들 사이에 끼어 있다. 창문이 내려가 있어 다행이다. 아니었더라면 냄새가 고약했을 거다.

"경치 좋은 길로 가보겠나, 친구들?" 아저씨가 말한다.

"아뇨, 별로." 아빠가 소리친다.

"싫어요." 내가 말한다. 그냥 집에 가고 싶다. 지금 당장. 아저씨의 캐딜락이 순간 이동이라도 했으면 좋겠다.

도대체 우리 대답을 듣기는 한 건지 아저씨는 "오케이-히, 파트너들" 하고는 길을 벗어나 바닷가 우회로를 탄다. 마린 뷰 아래쪽, 제이미 와츠의 영역. 끝내준다. 이 좌석에서 몸을 어디까지 낮출 수 있을까. 앞자리에 닿은 무릎이 찌그러지도록 미끄러져 내려간다. 이걸론 부족해. 딕시랜드 상자를 들어 내 얼굴 옆 창문에 갖다댄다. 두 다리가 시트 가죽에 딱 들러붙었다.

머릿속으로 데이비드 경에게 묻지만 그도 어쩔 수 없다는 듯 양손을 올리고 어깨를 으쓱할 뿐이다. "산호충들은 촉수를 뻗어 적들을 산 채로 먹어치웁니다." 데이비드 경이 말한다. 끝내준다.

자, 그리고 제이미가 보인다. 아치도. 오스카도. 그애들이 손가락질하며 웃는다. 거기다 대고 아저씨는 손을 흔들며 미소나 지을 뿐이다. 그리고 경적을 울린다. 나는 딕시랜드 상자를 더 위로 올린다. 옆을 지나쳐갈 때 제이미가 소리친다. "오호, 자동차 나이스." 아치는 루저 사인•을 만들어 보인다. 오스카는 손에 돌멩이를 쥐고 있다. 그걸 던지지만 빗나가서 건너편에 주차된 BMW X3를 때린다. BMW의 경보기가 울리자 냅다 도망친다.

"어, 저 나이키 운동화 네 거 아니야?" 아빠가 묻는다.

나는 아무 말 않는다. 그저 패트릭의 얼굴만 눈앞을 맴돈다. 나는 정말 바보다. 그 말이 내 머릿속을 빙글빙글 헤엄친다. 침몰한 해적선의 뼈대만 남은 잔해를 지나는 한 마리 금붕어처럼. 바보. 바보. 바보.

• 엄지와 검지로 L자를 만들어 이마에 대어 보이며 경멸과 비하를 뜻하는 동작.

지구의 70퍼센트

그후 집까지 어떻게 왔는지 모른다. 내 머릿속은 정지 화면 상태다. 패트릭의 사진을 화면보호기로 설정해놓은 것만 같다. 심지어 차가 멈추는 것도, 아빠가 문을 여는 것도 모른다.

"내려야지, 아들?" 아빠가 말한다.

"그게 바로 캐딜락 효과지." 하워드 아저씨가 끼어든다. "한 번 타면 절대 내리고 싶지 않단다." 마치 누군가의 얼굴을 어루만지듯 아저씨가 계기판을 쓰다듬는다.

"하워드, 고마워요." 아빠가 말한다.

"별말씀을." 아저씨가 답한다. 나는 가죽 시트에서 나 자신을 뜯어낸 뒤 다리 뒤쪽에 난 빨간 줄을 만져본다.

"아저씨한테 감사인사 드려야지." 아빠가 말한다.

"아저씨한테 감사인사요." 내가 말하며 차문을 닫는다. 아저씨가 다시 시동을 켜니 CD가 돌면서 〈스탠드 바이 유어 맨〉이 나온다. 안으로 들어가 아빠는 콩 요리를 한다. 집에 콩 말고는 아무것도 없는데, 차 없이는 쇼핑도 못 간다. 엄마는 위층에서 잔다. 또.

우리는 텔레비전 앞에 무릎쟁반을 두고 앉아 다트 선수권대회를 보며 음식을 먹는다. 아빠는 손가락으로 쟁반을 똑똑 두드릴 뿐 오늘은 펄쩍펄쩍 뛰지도 않고, 최고점인 180포인트가 나왔다고 허공에 주먹을 휘두르지도 않는다. 나도 마찬가지다. 나는 콩도 많이 먹지 않는다. 아빠도 마찬가지다. 필 '더 파워' 테일러가 경기에서 지고 우리는 텔레비전을 끈다.

쟁반을 내려놓는데 탁자 위 편지들이 눈에 들어온다. "이 편지들 언제 뜯어볼라콩요?" 아빠는 어깨만 으쓱해 보이고 부엌으로 들어간다.

"청구서." 아빠가 말한다. "그냥 청구서들일 거야."

"이건 아닌데요." 제일 위에 있는 걸 집어든다. 엄마 직장에서 온 거다. 그걸 어떻게 아느냐. 봉투에 파란색 글씨로 '페리 굿 여행사'라 쓰여 있고, 선글라스를 낀 페리호가 한 손에 칵테일을 든 채 다른 한 손으로 야자나무 두 그루를 흔드는 그림이 있어서다.

아빠가 봉투를 가져가 이리저리 훑는다. "그림 좋네." 열어보지는 않는다. 엄마가 출근하지 않은 지도 이제 꽤 되었다. 얼마나 오래인지는 나도 모른다. 내 '자연의 신비' 달력에 엄마 쉬는 날을 표시하는 것도 예전에 그만뒀다.

나는 카펫에 누워 플라멩코 컵받침으로 탑 쌓기에 도전한다. 자꾸만 무너져내린다. 포기한다.

*

자러 가면서 '세계의 대양' 포스터를 올려다본다. 데이비드 경이 말한다. "지구의 70퍼센트 이상은 바다로 덮여 있습니다. 태평양 혼자서만 지구 전체의 절반을 차지하고 있죠. 비행기로 꼬박 열두 시간을 가로질러 날아도 육지는 점으로 보일 겁니다." 우리 행성은 푸른 행성이다. 나는 그저 그 표면에서 깐닥이고 있는 작디작은 점 하나일 뿐이다. 우주에서는 스텝슨 해변도 볼 수 없다. 다른 모든 것들 가운데 스텝슨 해변은 너무도 조그맣기 때문이다. 이런 생각을 하니 기분이 이상해지기만 하지 조금도 나아지질 않는다. 지구가 더워지고 만년설이 녹고 해수면이 상승하고 상승해서 모든 것을 덮어버리는 모습을, 그래서 육지도 학교도 망가지거나 잘못될 그무엇도 없어지는 모습을 그리면서, 이런 상상이 잠드는 데 도움이 될지도 모르겠다고 생각해보지만, 그렇지 않다.

올 거야 아님 말 거야?

그렇지만 잠이 들긴 했다.

이 꿈을 꾸고 있으니 잠든 게 맞지.

어둡다. 물속 같은 어둠과 하늘거림.

나는 바다에 있다.

그 고등어가 여기 있다.

내 얼굴 위로 헤엄쳐 올라온다. 녀석의 눈은 크고 반짝거린다.

올 거야 아님 말 거야?

녀석이 말한다.

올 거야 아님 말 거야?

올 거야

아님

말 거야?

쿵 소리와 함께 잠에서 깬다.

흙 먹기

다음날 수영하러 가지 않는다. 몸이 아픈 것 같다. 밖에 나가
고픈 생각조차 없다.

　패트릭은 내가 미친놈이라고 생각할 게 분명해.

올 거야

아님

말 거야?

말 거야.

100퍼센트 말 거야.

몸이 바싹 마르고 뻣뻣해진 느낌이다. 노르웨이식 생선 건조대 위 염장 대구처럼.

이제 사십팔 시간째, 시간은 계속 흐르고 있다.

아래층으로 내려간다. 아빠는 벌써 일어나 일찍 나갔다. 부엌시계의 외양간올빼미보다도 일찍. 커피를 마신 머그잔을 남겨두고 갔다. 아빠가 제일 좋아하는 컵이다. 한쪽에 퍼핀 한 마리가 그려져 있고 다른 쪽에 '너핀'이라고 쓰여 있다.• 작년 크리스마스에 내가 선물한 거다. 뭔가 다른 것도 있다. 스마일 모양으로 잘린 토스트 한 조각. 아빠는 미술을 엄청 잘한다. 조소를 전공해서 학위를 받았다. 층계 옆 벽면에는 아빠가 철사로 만들어놓은 곤충들이 있다. 그중에서 사마귀는 정말 최고다. 내 방 옷장의 모서리 위에는 석고붕대로 만든 북극곰이 걸려 있다. 구석에는 풍선과 종이반죽을 가지고 우리가 함께 만든 지구본이 있다. 북극에 먼지가 수북하다. 함께 뭔가를 만들지 않은 지도 백만 년이다. 요즘 아빠는 항상 너무 피곤하다. 손가락이 파르르 떨리기도 한다. 내 생각에 아빠의 손가락들은 '뱅 & 블래스트'의 책상 뒤에서 무

• 너핀(nuffin)은 'nothing'(아무것도 없다)의 동의어. 퍼핀(puffin)은 '바다오리'를 뜻한다.

료해하는 것 같다. 아빠의 손가락들은 움직이고, 뭔가를 만들고, 자유로워야 하는데.

데이비드 경이 흙을 먹는 알락꼬리여우원숭이 가족을 지켜보고 있다. "흙은 소화를 돕는다고 알려져 있습니다." 그가 말한다. "또한 미네랄을 공급하고 더 나아가 내장기생충을 없애는 데 이롭기도 하죠."

엄마가 아래층으로 내려온다. "수영을 안 갔더라콩." 그러면서 콩 깡통이 나와 있지 않은 조리대를 가리킨다.

"저 아파요." 내가 말하자 엄마가 이마를 짚어본다. 최고로 아픈 얼굴을 만들어 보인다.

"아빠 가셨어?"

"네에." 연약한 목소리를 내려고 애쓴다. 탁자 위에 펼쳐진 '페리 굿 여행사'의 편지가 보인다. 손짓하는 페리를 한 번 쳐다본 뒤 글자들을 읽는다. "본사는 귀하에게 이하의 결정을 통보하게 되었음을 매우 유감스럽게 생각……"

엄마가 편지를 집어든다. "저기 있네." 그러고선 창밖을 내다본다.

"누가요?"

"재색멋쟁이새." 엄마가 정원을 가리킨다. 조리대 위로 올라가 밖을 본다. 나는 재색멋쟁이새가 좋다. 걔들은 미치광이

들이다. 기다란 풀잎들 위를 옆으로 통통 튀어다니는 모습이라니. 재색멋쟁이새가 민들레를 먹는 모습을 지켜본다. 한 번에 꽃잎 한 장을 부리로 집어 한 송이 전부를 입속에 욱여넣으려 안간힘을 쓰고 있다. 콕, 콕, 콕. 더 많이 밀어넣을수록 더 많이 삐져나온다. 녀석은 한 번 쪼고 주위를 보고 한 번 쪼고 주위를 본다. 자길 잡으러 오는 무언가가 있을지도 모른다는 양, 경계태세를 유지할 필요가 있다는 양. 거대한 '제이미 와츠 새'를 상상한다. 제이미 와츠 새매 한 마리. 그리고 아무런 보호막도 없는 나. 구세주 '패트릭 그린 새'가 없는 나. 재색멋쟁이새가 날아서 떠난다.

"오늘 학교에 가면 안 될 것 같아요." 내가 말하자 엄마가 내 눈을 들여다본다. 나는 바닥을 본다. 내 다리가 찬장 아래로 축 늘어져 있다. "가라고 하지 마세요." 엄마에게 몸을 기댄다. "오늘 아플 것 같단 말이에요." 이제 곧 울 것 같은 목소리가 나온다.

"알았어." 엄마가 한숨을 쉰다. 그리고 들고 있던 편지를 접어 잠옷 가운 주머니에 넣는다. "딱 오늘만이다."

질문의 바다

텔레비전은 보지 않을 거라고, 우리 뇌를 단련시키는 일을 할 거라고 엄마가 말한다. "몸이 아프면 뇌라도 계속 활동하게 만들어야 해." 스크래블●과 스타워즈 라비린스 게임을 하기로 한다. 스타워즈는 보드 조각을 계속 움직여가며 목적지로 가는 길을 새롭게 개척해야 하는 게임이다. 엄마가 자꾸 캐릭터 카드를 뽑으면서 이런다.

"그 쭈글쭈글한 남자를 찾아야 되는데."

"요다."

● 알파벳 철자가 적힌 조각들을 조합해 단어를 만드는 게임.

"털 많은 남자."

"츄바카."

"치과 치료가 필요한 남자."

"다스 몰.

스타워즈는 내가 이긴다. 스크래블은 더블워드 칸에 exis-tence(존재)를 넣은 엄마가 이긴다. 게임 사이사이에 엄마는 쉬고 나는 〈프로즌 플래닛〉 DVD—교육적인 거니까 허락해주겠노라—를 본다. 스피커에서 데이비드 경의 목소리가 흘러나온다. 꽁꽁 얼어버린 불모의 땅 위로 바람이 눈을 훅훅 불어 보낸다. "얼어붙은 바다는 독자적인 하나의 세계입니다." 데이비드 경이 말한다. "바다의 얼음 천장 아래에는 기괴하고도 마법과 같은 정적이 흐릅니다. 저 위에서 맹위를 떨치는 폭풍으로부터 완전히 단절되어 있죠." 나는 엄마의 어깨에, 엄마가 두르고 있는 폭신한 담요에 고개를 기댄다.

DVD가 끝나고 트리비얼 퍼슈트* 게임을 한다. 둘 다 엉망진창이다. 우리는 좀 바보가 되어 이상한 것들에 웃고, 개구리의 생애주기 질문에 대해 생각해보다가 또 웃는다.

"1974년에 키프로스를 침략한 국가는?"

• 일반상식과 대중문화 퀴즈에 대답하는 방식으로 진행되는 보드게임.

"1도 모르겠는데." 엄마가 말한다. "디핑 헤드라이트•를 발명한 왕족은?"

내가 어깨를 으쓱하며 눈을 부릅뜬다. 엄마가 그 질문이 적힌 카드를 휙 날린다. "농구 골대에 달린 링의 높이는?" 휙.

"곰의 무리를 지칭할 때 쓰는 영어 단어는?" 휙.

"슬루스." 내가 답한다.

"이런 똑똑한 놈." 말은 그렇게 해도 자랑스러워하는 것 같다.

"루틴 벨••이 댕댕 두 번 울리는 게 의미하는 것은?"

휙. 휙. 휙.

"질문들이 진짜 자질구레하네." 엄마가 말하며 웃는다. 그러고는 게임 상자에서 카드들을 꺼내더니 내게 던진다. 나도 맞받아 던진다. 그러다 이제는 서로에게 카드를 던지고 있다. 카드들이 공중으로 솟구치고 바닥으로 떨어지고 소파 뒤로 넘어간다. 사방이 카드 천지다. 상식의 비가 내리고 사각형 물방울이 떨어지는 것만 같다. 결국 상자가 텅 빈다. 우리는 카펫 위에 누워 그 질문의 바다에서 수영하듯, 스노앤젤을 만

• 아래쪽 도로를 향하고 있어 다른 운전자의 시야를 보호하는 전조등.
•• 1799년 항해중 침몰한 영국 함선 루틴호에 걸려 있던 종.

들 때처럼 팔다리를 젓는다. 그리고 멈춘다. 엄마가 손을 내밀고 내가 그 손을 잡는다. 우리는 천장을, 크고 하얗게 물결치는 무늬를 바라본다. 그걸 보고 있으니 내 마음이 온통 출렁인다.

"엄마는 언제쯤 괜찮아지는 거예요?"

"나도 몰라. 아무도 몰라."

"왜요?"

"삶은 불가사의니까." 엄마가 말한다. "그림자 없는 햇빛은 없으니, 밤을 인식하는 것은 반드시 필요하다."

"네?"

"카뮈, 알베르 카뮈야." 엄마가 코 위에 카드 한 장을 똑바로 세워보려 한다. "철학자란다."

"생쥐는 볼펜 둘레만한 구멍을 통과할 수 있어요."

"진짜?" 엄마가 손가락을 둥글게 말아 볼펜 둘레 크기를 만든다.

"엄마."

"응." 엄마는 눈을 가늘게 뜨고 그 구멍을 들여다본다. 나는 엄마가 그 속으로 들어가 사라지는 상상을 한다. 엄마가 통째로 사라져버리는 상상을. 그 상상들을 떨쳐버리려 애쓴다. "엄마랑 같이 수영하던 게 그리워요."

"나도 그래. 예쁜 아들." 엄마가 말하며 내 손을 꽉, 좀 너무 꽉 잡는다. "나도 그래." 부엌시계가 재깍거린다. 1시에 도달하자 되새 소리를 낸다. "이제 쉬어야겠다." 엄마의 눈이 피곤해 보인다. "보고 싶으면 텔레비전 봐도 돼." 나는 엄마가 일어나는 걸 돕는다. 그리고 엄마가 나를 안아준다. "카드 좀 치워줄 수 있겠니?" 엄마의 말에 얼굴을 찡그린다. "그리고 빌리……"

"왜요?"

"내일은 학교에 가." 그 말에 내 심장이 그대로 곤두박질친다. 엄마는 위층으로 올라간다. 이제부터 내 손은 집게 기계다. 위로, 옮겨서, 저쪽으로, 놓는다. 카드가 상자 안으로 들어가는 건 가끔이고 대부분은 그러지 못한다. 상자가 점점 차는 모습을 쳐다본다. 카드를 넣으며 내일까지 남은 시간을 세기라도 하는 것처럼. 카드 한 장이 일 분인 것처럼. 나는 되도록 천천히 움직인다. 상자가 다 차길 원치 않으니까. 안에 있는 걸 다시 전부 끄집어내고픈 심정이다. 내일이 절대 오지 않게, 그래서 이 시간과 그 시간 사이, 그 안전한 곳에 머물 수 있게. 영원히.

우주의 불가사의

미 해군 어벤저스 뇌격기 제19편대

1945년 12월 5일, 미 해군 제19편대가 그루먼 TBF 어벤저를 타고 비행 훈련을 시작했다(그림 5 참고). 조종사 다섯 명은 모두 고도로 숙련된 자들이었다. 그날의 훈련도 항상 해오던 익숙한 것이었다. 날씨는 맑고 쾌청했다.

이륙 시간은 오후 1시 15분이었다.

오후 3시. 편대장 찰스 C. 테일러 중위가 관제탑에 다급한 상황을 알려온다. 길을 잃었다는 보고였다. 제대로 작동하는 나침반이 하나도 없었다. 모든 것이 이상해 보인다고 했다.

그것이 그들의 마지막이었다.

미 해군은 조사를 진행했으나 그들의 실종을 설명할 어떤 것도 찾아내지 못했다. 여러 차례 수색을 벌였지만 제19편대를 발견한 이는 아무도 없었다.

엄마를 생각한다.

엄마가 사라지는 상상을 한다.

노트북을 덮는다.

퀘즈

다음날 아침, 가방을 든다. 내 인생에서 가장 긴 하루를 보낼 채비를 하고. 패트릭은 이제 없다. 끝났다. 괴짜새끼랑 친구하고 싶은 애가 어디 있겠어? 제이미가 날 산 채로 먹을 것이다.

데이비드 경이 말한다. "개코원숭이들에게 덩치는 별게 아닙니다. 그보다 중요한 건 인맥이죠."

아빠가 그려두고 간 도넛이 노래한다. "아이 빌리브 아이 캔 플라이(나는 날 수 있다고 믿어)." 내가 그 도넛 둘레에 머그잔을 하나 그린다. 도넛의 머리 쪽이 커피에 잠겼고 거대한 입 하나가 다가온다. 이를 가득 드러낸 채 파멸을 노리며. 그렇게 그려놓고 나니 속이 상해 볼펜으로 마구 긋고, 그걸 다시 커다란 구름으로 바꾼다. 먹구름이다.

바보, 바보, 바보. 머릿속에서 계속 외쳐댄다. 패트릭이 어제 누구와 어울렸을지, 이제부터 누구와 어울릴지 궁금하다. 우리는 첫 일주일도 채 버티지 못했다.

길을 걷는다. 보도블록의 금을 내려다보며, 금을 밟지 않으려고 발을 넘겨 디디며, 운동화 속에 한껏 찌그러져 있는 발을 보며. 이렇게 계속 고개를 숙이고 있으면 모두가 날 비웃는 모습을 보지 않아도 되겠지. 학교에 꽤나 빠른 속도로 퍼져나갔을 게 분명하다. '물고기 소년'이 물고기랑 말을 한다. 너무 멍청해서 충분히 흥미로운 얘기다. 너무 흥미로워서 퍼트리고, 퍼트리고, 또 퍼트릴 얘기다. 패트릭이 누구한테 가장 먼저 얘기했을까, 궁금하다.

제이디의 은색 닥터마틴 신발끈이 보인다. "안녕." 그애가 말을 걸더니 나란히 걷는다. 그애의 머리카락이 출렁인다. 나는 아무 말도 않는다. 제이디도 지금쯤 벌써 들었겠지. 분명 내가 미쳤다고 생각할 거야.

데이비드 경이 말한다. "흡혈박쥐는 서로의 등을 긁어주며, 한 끼니의 피도 함께 나눕니다." 제이디가 그냥 어깨를 으쓱하고 앞서나간다. 눈을 들어 보니 그애는 벌써 길 저쪽 끝에 도달해 있다. 제이디가 걷는다. 검은가시꼬리이구아나가 달리는 속도로.

부스비 스트리트에 도착해서 수업 시작 종소리가 들릴 때까지 기다렸다 안으로 들어간다. 고개를 숙이고, 아무도 보지 않고, 눈을 아예 들지 않고.

패트릭을 피한다. 패트릭이 우리 반이 아니고 심 선생님 반인 덕분에 피하기가 좀더 수월하다. 패트릭은 영어, 나는 프랑스어다. 패트릭은 과학, 나는 푸드 테크. 나는 크로스컨트리 경주, 패트릭은 PSHE*. 둘 다 수학 수업을 듣지만 패트릭은 고급반이고 나는 아니다. 그러니까 점심시간이랑 쉬는 시간만 어떻게든 버티면 된다는 얘기다. 나머지 아이들을 피하는 건 난이도가 더 높다.

쉬는 시간엔 디자인 테크 작업실 뒤를 어슬렁거린다. 애들은 거기 잘 가지 않는다. 어둡기도 하고 쓰레기통들도 있어서다. 검정 쓰레기통 뒤 녹슨 맨홀 뚜껑 위에 앉는다. 초록 쓰레기통 옆에 갓 만들어진 톱밥 더미가 있다. 냄새들이 꼬리에 꼬리를 물고 나타난다. 자기들끼리 몸 쌓기 놀이라도 하는 듯, 맨 위쪽 자리를 빼앗기지 않으려는 듯. 썩은 내, 나무, 썩

• Personal Social Health Education. 인성, 사회, 건강에 관한 과목.

은 내, 나무, 테레빈유, 썩은 내, 나무, 썩은 내. 사실 나무냄
새는 멋지다. 아무것도 하지 않을 때 얼마나 많은 것들을 발
견할 수 있는지를 나는 발견한다.

난데없이 제이디가 니다난다. 꼭 사향노루 같다. 사향노루
는 숨기의 달인들이다. 그들이 눈에 띈다는 건, 자길 봐주길
원한다는 거다.

우리는 서로를 바라본다. 쓰레기통에서 모락모락 김이 난다.

수업종이 울린다.

그애가 성큼성큼 걸어서 떠난다. 책가방에 달린 해골 모양
열쇠고리가 달랑거린다.

*

패트릭 피하기는 마지막 종이 울릴 때까지 순조롭게 진행
된다. 복도에 전시된 6학년들의 열대우림 보호 포스터를 지
나 코트걸이 쪽으로 걸어가는데 패트릭이 날 따라잡는다.

"빌리." 패트릭이 내 어깨를 두드린다. 어깨를 튕겨 그 손
을 떨쳐버리고 계속 걷는다. 너무 창피하다. 그애에게 눈길조
차 주지 않는다. 패트릭이 속도를 내 앞으로 치고 나간다. 그
리고 멈춘다. 나도 멈춰야만 한다. 패트릭이 들고 있는 나이

스데이 링바인더 모서리에 내 고추를 박지 않으려면. 날 위협하려는 게 아니라 그냥 들고 있는 모양새가 그럴 뿐이다.

"무슨 일 있어?" 패트릭이 묻는다.

"아무 일도."

"지금까지 어디 있었어?"

"아무 데도." 나는 눈길을 저리 돌리며 말한다. "뭘 어쩌라고?" 그러자 패트릭이 한 걸음 물러선다. 베키와 셰리가 지나쳐가며 서로 눈짓하더니 웃음을 터트린다. 뭐야, 베키한테 얘기했어? 나는 생각하지만 입 밖으로는 꺼내지 않는다.

다시 발걸음을 옮긴다. 내 얼굴이 패트릭의 마술용 공보다 더 빨개진 걸 느낀다.

"멈춰!" 패트릭이 한 손을 뻗어 날 막는다. "케즈." 그애가 말한다. 아치와 오스카가 지나가며 쪽쪽 뽀뽀하는 소리를 낸다. 패트릭은 그조차 알아채지 못한다.

"꺼져."

패트릭이 내 눈을 들여다본다. "나 너 믿어." 그애가 말한다. "케즈." 양옆을 둘러보며 아무도 듣고 있지 않다는 걸 확인한다. 그러고는 내게로 몸을 기대며 얼굴 가까이에서 말한다. "케즈 케즈도딕. 케즈는 그 암호의 나머지 절반이야."

완전 멋짐

패트릭이 엄마에게 문자메시지를 보낸다. 그리고 우리집까지 함께 걷는다. 우리는 애완동물로서 기니피그 대 턱수염도마뱀의 가치에 대해 얘기한다. 패트릭이 날 이상한 눈으로 보진 않는다. 상황이 괜찮아 보인다.

패트릭이 미스터 위피 아이스크림 트럭에서 99콘 두 개를 산다. 트럭 뒤에 달린 **자나 깨나 아이 조심** 표지판에는 막대 아이스크림을 먹는 사팔눈의 도널드덕이 그려져 있다. "시럽은 몽키 블러드로 했어." 패트릭이 말한다. 나는 콘에서 뚝뚝 떨어지는 시럽을 빤히 쳐다본다.

"고마워."

"물론 진짜 원숭이 피는 아니야."

"응." 내가 말한다. "알아."

"대신 진짜 연지벌레가 들어가긴 했지." 패트릭이 콘 둘레를 크게 빙 둘러 핥는다. "코치닐 색소, 으깬 연지벌레로 만들거든."

나는 내 콘을 보고 어깨를 으쓱한다. 우리집 현관 계단에 도착한다. "여기야." 나는 말하고서 앉는다. 콘에 꽂힌 과자 조각을 숟가락삼아 아이스크림을 떠먹는다. "맛있네, 연지벌레." 그렇게 말하며 패트릭에게로 눈길을 돌린다. 참 지저분하게도 먹는다. "그럼 다른 색깔들은 뭘로 만들었을까?"

"노란색은 으깬 꿀벌, 녹색은 풀뱀, 자주색은 나도 몰라……"

"짜고 남은 흉터." 내가 머리를 쥐어짜는 시늉을 하며 입가로 혓바닥을 쏘옥 내민다. "흉터 난 사람들의 얼굴을 짜내서 만드는 거야."

"맞아."

윗동네 사는 프랜신이 코스믹 라이트 퀵보드를 타고 지나간다. "빌리, 안녕" 하며 미소 짓고는 패트릭을 슬쩍 훑어본다.

"같이 들어갈래?" 내 말에 패트릭이 고개를 끄덕인다. 콘 끝을 깨물어 흘러나오는 아이스크림을 마신 다음 나머지를 아작아작 씹으며 안으로 들어간다.

우리는 패트릭네처럼 집안을 구역별로 나누지 않는다. 엎지르고, 엉망진창으로 만들고, 물건을 참 많이도 쟁여놓는다. 패트릭은 이것저것 만져보며 "완전 멋지다"와 "끝내준다"를 연발한다. 나는 부엌을 가로질러가 뒤뜰을 보여준다. 집 구경 시켜주기는 언제나 즐겁다. 옛날에도 집 안내는 내 담당이었다. 우리집에도 손님들이 드나들고 했던 시절엔. 그러고는 손님이 없었다. 백만 년 동안.

우리 뒤뜰은 '매우 뜻밖'이다. 거길 처음 본 사람들이 항상 하는 말이다. 사방을 둘러싼 벽 한쪽에 뒷문이 하나 있다. 전에 와본 적 없는 사람이라면 거기 문이 있다는 걸 절대 알 수 없다. 그 문은 콘크리트와 콘크리트 사이의 오아시스 같은 거다. 엄마는 이 집을 사고, 이 집과 사랑에 빠진 게 바로 그 문 때문이라고 한다. "벽에 난 문은 무엇이든 가능하다는 걸 보여주는 거야." 엄마는 말한다. "헤치고 나아갈 길은 언제나 있는 법이라고."

측벽 근처에서 내 머리를 넘도록 훌쩍 자란 정체불명의 풀도 보여준다. "이건 대체 뭐가 되려나?" 패트릭이 뒤로 당겼다 놓은 줄기가 내 얼굴 앞에서 흔들흔들한다.

"그걸 내가 어떻게 알겠어?"

"이상한데." 패트릭이 말한다. "자라고 보니 외계 식물이면 어째?"

"정말 그러면 어쩌지?"

"정말 그래서 잠든 사이에 널 먹어치우면 어쩌지." 패트릭이 팔로 죠스 모양을 만들어 내 머리를 물어뜯는다. 우리는 함께 잔디 위로 쓰러져 데굴데굴 구른다. 무릎을 꿇고 일어나 앉아 팔꿈치를 문지르고 머리에 붙은 것들을 떨어낸다.

"위층에도 올라가볼래?"

"좋아."

올라가는 길에 욕실과 손님방을 보여준다. 욕조 위에 걸려 있는 비행 인간 조각상에 패트릭의 눈길이 멈춘다. "슈퍼맨" 하며 지금 날고 있기라도 한 것처럼 한쪽 다리를 뒤로 뻗는다. 손님방은 일종의 사무실이다. 우리는 거기에 엄청 많은 것들을 보관한다. 온 선반마다 그득 그득. 『러시아어 독학하기』책, 플라스틱 오리 인형 두 개, 아빠가 모으는 스노볼들. 엄마가 있는 안방은 건너뛰고 층계 끝까지 올라가 내 방으로 간다. 오래된 다락방으로.

"멋지다. 사마귀." 패트릭이 계단 중간에 멈춰 사마귀의 금속 다리를 쓰다듬는다.

"부모님이 그러는데 내 방을 만들 때, 그러니까 다락방을 내 방으로 바꿀 때 요란하게 짖어대는 소리, 마치 벽 속에 갇힌 개가 하울링하는 듯한 소리를 들었다는 거야. 그리고 마지막날 벽에 회반죽을 바르고 페인트를 칠한 다음 방에 들어가보니 바닥에 발자국들이 막 찍혀 있었대."

나는 방에 먼저 들어가 문 뒤에 숨는다. 그리고 패트릭이들어오는 순간, 그애에게 뛰어들어 개처럼 짖는다. 패트릭은제대로 겁먹은 듯 보인다. 나는 웃기 시작한다. 멈출 수가 없다. 패트릭이 나를 아래로 깔아뭉개더니 강철 손가락을 치켜든다. "죄송" 하며 나는 입술을 깨문다. "웃음 그쳤어. 진짜야." 웃음을 멈추려고 옆구리를 움켜잡는다. 패트릭이 손을내리고 아우우 울부짖는다. 그리고 우리 둘 다 거기에 누워아우우 울부짖는다.

데이비드 경을 생각한다. 그는 지금 캐나다 어느 산비탈을뛰어다니는 회색늑대를 보고 있다. "늑대들의 하울링은 근처에 얼씬거리지 말라고 이웃 무리들에게 경고하기 위한 것입니다. 그뿐만 아니라 기나긴 사냥이 끝난 후 여기저기 흩어져있는 자기 무리와 재회하기 위한 것이기도 하죠." 우리의 울부짖음이 함께 높아지는 것을, 우리의 가슴에서 함께 터져나오는 것을 느낀다. 이런 건 기분이 좋다.

패트릭이 내 방에 있으니 조금 이상하다. 그애는 이것저것 계속 집어든다.

"레인지로버 마크 원." 패트릭이 큐브 모양 선반에서 자동차 피규어를 꺼낸다. "멋지다." 손에서 빙 돌려보고는 제자리가 아닌 곳에 올려놓는다.

"고맙다." 나는 그렇게 대답하며 원래 자리로 자동차를 다시 옮긴다. "에어픽스 키트. 부품 수 100개 이상." 상자를 보니 **어디든 가는 자동차**라고 적혀 있다.

패트릭이 거치대에서 내 일렉트릭 기타를 꺼낸다. "완전 좋아!" 위아래로 방방 뛰며 헤드뱅잉을 한다.

"하지 마!" 기타를 뺏는다. "엄마가 주무셔." 나는 거치대에 기타를 돌려놓는다.

"왜?"

"그냥 자는 거야."

패트릭이 내 보드게임들을 쭉 훑어보더니 '윙스 오브 워'를 꺼낸다. "완전 멋진데. 이거 하자!"

물고기 얘기는 하지 않는다. 잠시 그냥 게임이나 한다니 좋다.

침대 밑 옷더미를 저리로 밀고 게임 준비를 한다. 나는 알바트로스를 고른다. 패트릭은 포커 3엽 전투기. 손님 우대 차원이다. 포커 전투기는 움직이는 방법이 달라 선회력이 더 좋다. 게임은 57분 동안 진행된다. 패트릭이 이긴다. 보통 포커 전투기가 이기니까. 게임 결과에 승복하며 악수하고, 패트릭이 상자에 카드를 정리해 넣는다. 나는 구부러진 카드를 소매에 대고 편다. 그리고 선반에 상자를 올린다. "미안해." 내가 말한다.

"뭐가?"

"오늘." 나는 돌아선다. "그리고 전에도. 단두대 미안해." 내가 달려나갈 때 바닥에 떨어져 부서지던 단두대를 떠올린다. 패트릭의 얼굴을 떠올린다.

"그거 고쳤어." 패트릭이 어깨를 으쓱한다. "초강력접착제로."

"난……" 바닥에 앉아 카펫 위에 놓인 앵그리버드 양말을 만지작거리기 시작한다. "난……"

"넌 내가 찌질이라고 생각했지." 패트릭이 말한다.

"아니!" 그 말에 진정으로 놀라서 목소리가 생각보다 크게 튀어나온다. 패트릭이 그렇게 생각할 이유가 대체 뭐람? "난 네가 모두에게 얘기했을 거라고 생각했어." 내가 털어놓는다. "그것에 대해서."

"아." 패트릭의 얼굴이 슬퍼 보인다.

나는 기분이 좋지 않다. 앵그리버드 양말로 손인형을 만들

102

어 그애의 얼굴 앞에 흔들며 말한다. "케즈도딕 케즈도딕." 그리고 그애를 깨문다. 다시 웃을 때까지.

"양말에서 발냄새 나." 패트릭이 말하며 웃는다.

나는 양말 손인형으로 침대 밑에서 팬티 하나를 물어 던진다. 팬티가 패트릭의 얼굴에 내려앉는다. 내가 웃는다. 패트릭이 다시 집어던진 팬티가 이번엔 내 얼굴에 내려앉는다. 패트릭이 웃는다. 내가 운동복을 던진다. 그리고 갑자기 우리둘 다 정신이 좀 나간다. 제대로 보이지도 않을 정도로 물건이 사정없이 날아다니고 눈에 눈물이 고이도록 웃어대느라방안이 어렴풋해진다. 허리띠가 채워진 바지에 내 코를 얻어맞고서야 던지기를 멈춘다.

"앗, 미안!" 패트릭이 내 독수리 운동복을 내려놓는다.

"괜찮아." 나는 양말 손인형을 벗고 손등으로 코 아래를 문지른다. 피를 보진 않았다. 그건 그렇고, 패트릭 말이 맞았다. 발냄새가 난다. "키즈 케즈도딕." 내가 말한다.

"케즈 케즈도딕." 패트릭이 말한다.

"그건 대체 어떻게 알아낸 거야?"

"위대한 마술사, 후디니 덕분이지." 패트릭이 난리법석으로 흩어져 있는 옷들을 헤집어 가방을 찾아 연다. 그리고 투명한 케이스에 들어 있는 공DVD를 꺼낸다. "그 말, 헝가리어야." 케이스 앞면에 패트릭이 넣어둔 사진이 있다. 온몸이 쇠사슬에 묶인 남자의 사진. 기괴한 모습이다. "그는 헝가리 출신이야."

나는 얼굴을 찡그린다. "그 남자 꼴이 되고 싶진 않은걸."

"그 말은 준비, 시작을 뜻해." 패트릭이 플라스틱 케이스를 톡톡 친다. "후디니가 마술 시작 전에 습관처럼 했던 말이야. 그렇게 말하고는 중국식 물고문 방에 들어갔지."

"중국식 물 뭐?!"

"너도 그 단어를 개들한테 다시 말해줘야 하는 거야."

"그 고등어한테?" 이게 얼마나 미친 소리인가 하는 생각이 든다.

"응."

"물고기가 헝가리어를 어떻게 아는데?"

"물고기들은 여행을 하잖아." 패트릭이 어깨를 으쓱한다. "그것도 엄청 많이."

나는 사진을 뚫어져라 바라본다. 후디니의 손에 쇠사슬이 감겨 있다. 발에도. 손목에도. 발목에도. 모든 곳에. 이 모험의 끝이 저런 거라면, 케즈 케즈도딕의 의미가 저런 거라면, 정말 하지 않는 편이 낫겠다. "난 잘 모르겠어, 패트릭." 사진에서 도통 눈을 뗄 수가 없다.

"그는 결국 벗어나게 되어 있어." 패트릭이 말한다. "그는 탈출 마술사야. 그게 핵심이지."

"바다에게 잠시 휴식을 줄까봐."

"저 밖에 마술이 기다리고 있다고." 패트릭이 말한다. 나는 웃지만, 패트릭은 아니다. 가끔 두렵거나 기분이 정말 안 좋을 때 그렇게 웃어버리곤 한다. 그냥 터져나오는 그 웃음은 엉뚱하게만 들린다. "빌리." 패트릭은 완전히 진지하다. "넌 다시 들어가야 해."

곤죽

5시 30분에 패트릭의 핸드폰에서 알람이 울린다. 필라테스를 하러 가는 엄마 대신 동생을 돌보러 돌아가야 한다. 우리는 아래층으로 내려간다.

"잠깐만." 내가 현관문을 여는 바로 그때, 엄마가 소리친다. 엄마도 계단을 내려오고 있다. 나는 얼른 패트릭의 앞을 가리고 선다. 그애가 눈치채지 못하게. 계단을 내려오는 것조차 엄마에겐 너무 버거운 일이라는 걸. 그나마도 시간이 한참 걸린다는 걸. 엄마는 데님 원피스에 늑대 슬리퍼 차림이다. 옷을 제대로 챙겨 입었다니, 완전 짜릿하다. "안녕." 엄마가 귀 뒤로 머리카락을 넘기며 문 옆쪽 벽에 기댄다. "네가 패트릭이구나." 패트릭이 손을 뻗자 흠칫 몸을 수그린 엄마는 머리카락에서 플라스틱 장미 한 송이가 나타나는 걸 보고 미소 짓는다.

"와, 고마워." 엄마가 말하며 손을 내민다. "만나서 정말 반갑다."

"얘 얼른 가야 돼요. 동생 보려고." 나는 문을 닫기 시작한다. 그 둘의 손이 만나지 못하게. 패트릭이 엄마에 대해 몰랐으면 좋겠다. 아무도 몰랐으면 좋겠다.

"아." 엄마가 말한다.

"안녕히 계세요"라고 인사하는데 내가 문을 닫는 바람에 패트릭이 현관 계단에서 떨어질 뻔한다.

"나중에 보자." 우편물 투입구 틈으로 내가 말한다.

"왜 그런 거야?" 엄마가 허리춤에 양손을 올린다.

나는 엄마를 지나쳐 부엌 쪽으로 간다. "미트볼 파스타 드실래요?" 미트볼 파스타는 내 특기다. 실은 할 수 있는 유일한 요리라는 말이 더 맞겠다.

"그래." 엄마의 눈길이 날 따라온다. "그거 정말 좋겠다." 내가 부엌으로 들어간다. 엄마는 아이팟으로 봄베이 바이시클 클럽의 노래를 틀고 소파에 앉는다.

냉장고에서 미트볼을 꺼내 물고기 모양의 전자레인지용

접시에 담는다. 그리고 주전자에 파스타 익힐 물을 올린다. 병에 든 으깬 토마토는 팬에 부어 가스레인지의 작은 화구에 올려놓는다. 끓는 물에 파스타를 넣고 타이머를 돌려 8분에 맞춘다.

4분이 지나고 나서야 파스타 삶는 물에 소금이랑 오일을 깜빡했다는 걸 깨닫는다. 부리나케 넣고 한번 저어준다. 개중엔 이미 바닥에 들러붙은 것도 있어 떼어내려고 애를 쓴다. 타이머가 울린다.

"내가 할게." 엄마가 소리친다. 그리고 부엌으로 와서는 파스타를 싱크대로 가져가 물을 따라낸다. 이 부분은 내 담당이 아니다. 이 일만큼은 엄마가 내게 맡기지 않는다.

엄마가 파스타를 팬에 넣는다. 나는 다른 모든 것들도 한꺼번에 붓고서 젓는다. 조리용 스푼이 빙글빙글 돈다. 미트볼이 깨진다. 빨간 소스를 입은 파스타도 있고 아닌 것도 있다. 소스가 꼭 너무 작은 티셔츠 같다. 도무지 잘 섞이질 않는다.

복어가 모래 위에 만드는 무늬를 생각한다. 복어는 일하고 일하고 또 일해서 그 놀라운 나선형 무늬를 만들어낸다. 온몸을 써서 모양을 새겨넣는다. 늘 바다가 계속해서 모래를 흐트러트리고 말기 때문에 복어는 쉼없이 움직일 수밖에 없다. 모양을 유지하기 위해서. 완벽하게 만들기 위해서. 데이비드 경

108

이 말한다. "복어는 하루 이십사 시간 내내 일해야만 합니다. 그렇지 않으면 해류가 자신의 창조물을 파괴하고 말 테니까요." 수중 카메라가 뒤로 물러나며 복어가 만들고 있는 거대한 나선형 무늬를 보여준다. 매우 아름답다.

나는 팬을 들여다본다. 커다란 한 무더기 곤죽처럼 보인다.

엄마가 날 꼭 안아준다. "맛있어 보여!"

나는 나선무늬 그릇을 가져와 곤죽을 퍼 담는다.

"괜찮은 거야?" 엄마가 나와 눈을 맞추려고 애쓰며 말한다. "학교도 괜찮고?" 나는 계속 스푼만 움직인다. "패트릭은 정말 멋진 애 같아." 이렇게 말하는 엄마의 눈썹이 희망적이다. 내 곤죽은 절망적이다.

그릇을 식탁으로 가져온다. 엄마에게 이렇게 말하고 싶다. 네, 걔가 멋져 보일 순 있죠. 하지만 걔는 내가 어떤 물고기랑 얘기하길 원해요. 아마 저 바다 밑바닥에 날 옭아매고 말 그 물고기랑요. 그러나 하지 않는다. 치즈 한 덩어리를 갈아 곤죽을 덮어버리며 이렇게 말할 뿐이다. "네 맞아요. 그런 것 같아요."

참고 버터

수영하고 싶다. 너무 하고 싶어서 머리가 터져버릴 것 같다. 하지만 내 발로 걸어서 저 바다에 돌아가는 일은 없을 거다. 어림없다.

　침대에 누워 갈비뼈를 찔러보며 아픈지 본다. 뼈가 살보다 더 아프다. 엄마가 느끼는 것도 이런 걸까. 엄마가 진짜로 아픈 거라면. 혹시 멍 같은 걸까. 사람들은 멍이 나타나고서야 비로소 거기가 얼마나 아픈지 알게 된다. 그때쯤엔 사실 더이상 아프지도 않은데. 사람들은 눈에 보여야 안다. 눈으로 보면 알게 되는 거다. 눈에 보이지 않는 것들의 편에는 서주지 않는다.

벽 두께가 12센티미터에 달하는 심해 잠수함 안 다이버들을, 수놈이 암놈을 물고는 그 몸통에 영원히 들러붙어 혈류를 통해 양분을 공급받는 아귀를 생각한다. 이 지구상에서 가장 미지에 싸인 곳이 바로 바다라는 사실을 생각한다. 데이비드 경이 말한다. "해저 평원보다는 차라리 달의 표면에 대해 알려진 바가 더 많을 정도입니다."

자리에서 일어나 일층으로 내려간다. 손님방에 불이 켜져 있다. 아빠가 무언가를 웅얼거리는 소리가 들린다. 나는 문을 밀어서 연다. 아빠가 책상에 앉아 한 손에 계산기를 들고 귀에는 분홍색 형광펜을 꽂은 채 종이들을 살펴보고 있다. 독서용 안경도 썼다. 안경을 쓴 아빠는 무척 달라 보인다. 전혀 다른 누군가가 된 것 같다.

"아아, 일어났나." 아빠가 말한다.

"아아, 앉았나." 내 말에 아빠는 미소 짓는다.

"기분은 어때, 아들?" 아빠가 머리를 긁적인다.

"나선은하에서 살고 싶어요."

"멋진걸." 아빠가 말하며 안경을 벗는다. "나도 가도 돼?"

"아마도요." 내가 어깨를 으쓱한다. 아빠가 양팔을 활짝 펼쳤다가 무릎을 탁탁 치자, 나는 다가가서 그 위에 앉는다. 아빠가 나를 꽉 안는다. 좀 너무 꽉.

"아야."

"응?"

"갈비뼈 조심 좀."

"죄송." 아빠는 내 목 뒤에 머리를 내고서 회전의자를 오른쪽으로 또 왼쪽으로 빙글빙글 돌린다. "화성으로 모실까요?"

"그럴까요." 내가 꼬마였을 때 자주 했던 놀이다. 양손으로 아빠의 눈을 가리고 내 눈을 감은 뒤, 아빠가 나를 꽉 붙들고서 우리가 있는 곳이 로켓 안이라고 생각한다. 아빠의 다리가 우릴 열심히 회전시켜 빙글 빙글 빙글 도는데, 그럼 꼭 화성으로 가기 위해 이륙하는 것만 같다. 뭐, 예전엔 그랬다는 얘기다. 아빠가 멈춘다.

"토할 것 같아요."

"나도." 아빠의 눈에서 손을 뗀다. 그렇지만 아빠는 내게서 팔을 거두지 않는다. "참고 버텨, 아들." 아빠의 그 말이 피부에 와닿지 않는다. 아빠가 날 다시 꽉 껴안고 힘껏 쥐어짜지만 나는 아무 말도 않는다. 느껴지지 않기 때문이다. 아무것도 느껴지지 않는다.

밀워키 440 공수비행단
수송기 680호, 1965년

1965년, 미 공군 예비사령부 소속 440 공수비행단의 숙련된 사병들이 밀워키에서 바하마 그랜드터크섬을 향해 비행을 시작했다.

해당 수송기는 오후 5시 4분, 플로리다주 홈스테드 공군기지에 정시 도착했다. 그들은 지상에서 총 2시간 43분간 머물렀다.

수송기는 오후 7시 47분에 다시 이륙해 남쪽 방면 바하마로 향했다.

그러나 목적지에는 끝내 닿지 못했다.

당일 저녁 날씨는 맑았다. 문제적 징후는 전혀 없었고, 무선통신 상태도 평소와 같았다. 그들이 도착하지 않자 항공 관제사들이 수송기 680호와 교신을 시도했다. 응답이 없었다. 수송기 680호에는 전문 정비요원단이 동승하고 있었으므로, 해당 수송기에 기계적인 문제가 발생했다면 이를 해결할 인력은 상당히 많았다.

수송기 680호의 실종을 설명할 길은 전혀 없었다.

때로 어떤 일들은 그냥 벌어진다. 나는 노트북을 탁 덮는다.
괜찮아질지도 모를 일이다.
엄마가.
그 물고기가 괜찮을지도 모를 일이다.
좋아 보이긴 했다, 녀석이.
그렇지 않았나?
그랬나?
수송기 680호는 어디로 가버렸을까. 그 물고기가 원하는 건 뭘까. 기묘함이란 뭘까.

지금?

편지가 도착한 건 토요일 아침식사 때다.

"나선은하는 어떠셨는지요?" 아빠가 묻는다.

"거기엔 초콜릿 스프레드가 없더라고요." 나는 크럼핏* 위에 초콜릿 스프레드를 듬뿍 바른다. "그래서 돌아왔지요."

"지당하신 말씀." 아빠가 말한다. 토스터에서 빵이 튀어오르고 연기감지기가 울린다. "내가 방화범이다!" 아빠는 장기인 프로디지** 흉내를 내며 빗자루 손잡이로 감지기의 리셋

• 반죽에 이스트를 넣고 발효시켜 만든 팬케이크의 일종.
•• 1990년 영국에서 결성된 일렉트로닉 음악 그룹.

버튼을 냅다 후려친다. 그러고는 "익세일, 익세일, 익세일"●
하고 노래하면서 빗자루를 벽에 기대놓곤 내게 파란색 봉투
하나를 건넨다. "이게 왔어."

"이상하네……" 타버린 토스트에 엄마가 버터를 펴 바른
다. "우표가 없어." 그렇게 말하며 엄마는 우표가 붙어 있어
야 할 자리를 가리킨다. 나는 매우 깔끔하면서도 동글동글한
글씨체를 들여다본다.

"이제 뜯어볼 거야 그럼?" 아빠가 내 어깨 너머로 편지를
바라본다. "분명히 특별한 내용일 거야. 멋들어진 편지를 보
내는 사람들이 요즘에는 없잖아. 한 명도. 죄다 이메일이랑
골칫거리뿐이지. 아님 쓰레기거나." 그러면서 아빠는 손가락
에 묻은 땅콩버터를 핥아먹는다. "쓰레기랑 고지서, 고지서
랑 쓰레기. 나무들한테 미안하지도 않나. 나무들이 그 종이가
되기까지 그토록 많은 일을 겪어야 했는데 결국 아무렇게나
버려지고 말 뿐이니."

"원숭이들도요. 원숭이들도 나무를 그리워해요." 내가 말
한다.

"그래, 원숭이들이 편지봉투에서 그네를 탈 순 없잖아. 그

● 프로디지의 곡 〈Breathe〉의 가사로, '숨을 내쉬다'(exhale)라는 뜻.

치?" 아빠가 부엌을 뛰어다니며 몽키 댄스를 춘다.

"그리고 올빼미도요." 내 말에 아빠가 식탁 너머로 날갯짓을 한다.

"말똥가리도." 엄마가 말한다.

"까마귀도."

"숲비둘기도."

"뻐꾸기도."

"갈까마귀도."

"갈까마귀 둥지는 사실 구멍만 있으면 되는 건데요. 꼭 나무가 아니더라도." 내가 말한다.

"그렇군요." 엄마는 어깨를 으쓱한다.

아빠는 우리가 말하는 새들을 모조리 흉내낸다. 그중엔 특히 괜찮은 것도 있다. "말똥가리는 좀더 연습해야겠어요, 아빠." 이 말에 아빠는 '비행 돼지' 티 타월로 내 머리를 친다.

"어쨌든 요즘엔 모든 게 지속 가능하게 됐다고 생각했는데." 엄마가 말한다. "다들 나무를 다시 심지 않아? 도끼로 찍어내는 만큼 심는 거잖아." 아빠의 눈길이 엄마의 토스트에 머문다. 반이나 그냥 남겼다. "배불러." 엄마는 말하며 얼굴을 찡그린다. "남은 건 새들에게 줄 거야. 나무를 빼앗긴 그 불쌍하고 작은 새들에게." 그러면서 토스트를 잘게 찢는다.

"그거 열어볼 거야 어쩔 거야?" 아빠가 턱짓으로 봉투를 가리킨다.

"지금요?"

"응."

"알겠어요." 나는 손가락으로 봉투 가장자리를 더듬어본다. 어느 쪽 모서리부터 시작해야 할지 모르겠다. 천천히 뜯어서 연 다음 안을 들여다본다.

믿다

봉투 속 조각들을 손에 붓는다.

"그게 다야?" 아빠가 묻는다. "편지는 없어?"

"없어요." 나는 대답하면서 봉투 속 쪽지를 슬쩍 가린다.

"그건 뭔데?"

뭐긴 뭐예요, 물고기 비늘이지. "모르겠어요." 이렇게 말하는데 얼굴이 붉어진다. 나는 잠옷 가운 주머니에 봉투를 넣는다.

엄마가 내게로 몸을 기울이며 더 가까이 들여다본다. "냄새 진짜 고약하다." 그러고는 몸을 뒤로 뺀다. "독이 있을 수도 있어."

"독 없어요." 손에 들러붙는다는 문제는 있지만.

"그거 내려놔." 엄마는 그중 하나를 손가락으로 콕 찔러본다. "발진이 생길 수도 있어. 사람들은 가끔 좋지 않은 뭔가를 보내기도 하거든." 그리면서 아빠를 쳐다본다. 걱정하는 눈썹이다. 아빠는 으쓱이는 눈썹으로 답한다.

"그래. 어떤 미친놈이 보낸 건지도 모를 일이지." 아빠가 말한다.

"댄!" 엄마가 아빠를 찰싹 때린다.

"난 그냥……" 아빠는 티 타월을 머리에 덮어쓰고 어깨를 구부려 노파 흉내를 낸다. "요술 씨앗을 심거라, 잭, 요술 씨앗을 심어."

"그게 콩 줄기면 나도 걱정을 않지. 끝에 황금알이 열리는 콩 줄기면." 엄마가 말한다.

"그걸 타고 올라가보려고? 닥터 망할 원솔 선생님께 꼭 말해야겠다." 아빠가 말한다. 그러고선 천장에 대고 외친다. "제 아내가 저 망할 콩 줄기를 타고 올라가버렸다고요. 그러니 이제 좀 내버려두세요, 예?" 아빠가 엄마를 번쩍 들어올려 어깨에 들쳐멘다. "저 위에 순금 하프도 있어?"

"커다랗고 통통한 거미줄 세 개가 다야." 엄마가 아빠의 등을 톡톡 친다. "이제 그만해." 그러자 아빠가 엄마를 내려준다. 나는 쓰레기통에 대고 비늘을 털어내려 애쓴다. 손가락에 완벽히 들러붙어버렸다. 긁어내려고도 해본다. "저 욕실에 가요" 하고서 위층으로 올라간다. 문을 닫고 변기시트를 내린 다음 봉투에서 쪽지를 꺼낸다.

친애하는 물고기 소년에게
네 친구를 위한 조그만 선물이야!
하하.
'마술의 세계'에서 읽었는데,
마술의 비결은 믿음이래.
사람들은 믿고 싶으니까 믿는 거야.
난 널 믿어.
내 생각엔 네 물고기가 뭔가 할말이 있는 것 같아.
오늘 오후 5시 30분에
해변에서 만나.
P.

패트릭이 이 편지를 전하러 여기까지 어떻게 왔을지, 눈에 선한 그 모습을 그려본다. 허공을 가르는 슈퍼맨 포즈를 하고 한 팔을 앞으로 쭉 뻗은 채 집들 위를 날아 날 구하러 오는 모습을.

그 고등어가 용감하게 대양을 가로지르는 모습을 그려본
다. 오롯이 혼자서.

나는 쪽지를 접어 주머니에 도로 넣는다.

담대해진 기분이다. 용감해진 기분이다.

그곳에 갈 테다.

홀로 간다는 것

오후 5시 10분, 콩 통조림을 꺼내 조리대에 올려둔다. 옷에 달린 파란색 후드를 당겨 머리에 쓴 뒤, 폭발하는 화산이 그려진 수건을 팔 밑에 끼고서 해변으로 걸어간다. 나는 이제 해수면을 뒤흔들 준비가 된 거대 다시마 뭉치다.

제이디가 보인다. 그애의 집 전면창에 장식된 산호무늬 너머로. 거실에서 〈엠. 아이. 하이〉●를 보고 있다. 그애가 고개를 돌린다. 데이비드 경이 말한다. "수컷 늑대거미가 암컷에게 신호를 보낼 때는 매우 신중해야 합니다. 수컷이 접근해오

● 십대 스파이들의 이야기를 그린 영국 드라마.

는 이유를 암컷이 이해하지 못한다면 수컷을 잡아먹고 말 테니까요." 몸을 웅크리고 쪼그려앉은 자세로 창문의 나머지 부분을 지나간다. 그애가 날 보지 못했기만을 바라면서.

계단까지 걸어가 만灣을 내려다본다.

텅 비다시피 했다. 이곳은 언제나 그렇다. 사람들은 대개 절벽 산책로에만 있거나 기다란 모래사장이 펼쳐진 넓은 해변가를 걷는다. 나는 이곳을 좋아한다. 언제나 이곳을 가장 좋아했다. 언제나 나와 엄마의 장소였다.

오른쪽으로 바위들이 있다. 바위 사이에는 기어올라가 숨기에 크기가 충분한 틈바구니들이 있고, 그 안에는 파리와 낡은 비닐봉지와 총채벌레가 바글바글 담긴 채 밀려온 병들이 있다. 바위들은 거대하고 불안정하다. 꼭 빙산 같다는 생각을 한다. 바위도 빙산도 우리 눈길이 닿지 않는 저 아래 어딘가에 사건들을 간직하고 있다.

왼쪽으로 악어바위와 뼈바위가 있다. 그런 이름이 붙은 이유는 절벽에서 튀어나온 바위가 꼭 악어처럼 보이는데다, 앞쪽 수면 위로 뾰족뾰족 솟은 바위들이 마치 그 악어가 신나게 씹은 다음 물속에 뱉어놓은 누군가의 뼈처럼 생겨서다.

그리고 이 모든 것을 절벽이 둘러싸고 있다. 거대한 한 쌍의 팔처럼. 등으로 막아줄 테니 거기선 잠시나마 바람을 맞지 않아도 된다는 듯이. 만에 들어가 있으면 바람이 멈춘다.

데이비드 경을 찾는다. 그는 지금 애리조나에서 벌새 먹이통을 설치하고 있다. "이런 먹이들로 삶과 죽음이 갈린다 해도 과언이 아닐 것입니다." 그가 말한다. "특히 3200킬로미터에 달하는 대장정의 마지막 단계로 1000킬로미터 길이의 멕시코만 연안을 단번에 가로질러야 하는 루포스벌새들에게는 더욱 그렇습니다." 나는 데이비드 경이 말하는 루포스벌새들을 들여다본다. 길이가 8센티미터 정도 되는 것 같다.

우리 해변을 내다본다. 도요새 한 마리가 밀려오는 파도에 올라탄다. 그리고 파도가 빠질 때 뒤로 물러난다. 잭러셀테리어 한 마리가 절벽 가장자리를 향해 달려가 킁킁 냄새를 맡더니 다시 돌아온다.

패트릭이 보인다. 젖은 모래와 마른 모래가 만나는 곳의 마른 쪽에 앉아 있다. 그 경계에 딱 걸쳐서.

계단을 달려내려가 뒤에서 그애를 덮친다. "안녕."

"안녕." 패트릭이 몸을 젖히는 바람에 나는 뒤로 나동그라진다. 그애는 입에 도리토스를 욱여넣고 있다. 나는 모래 위로 떨어지는 과자 부스러기를 쳐다본다. "하나 먹을래?" 패트릭이 과자 봉지를 내민다. "치즈맛이야." 봉지를 내 코밑에 대고 흔든다.

나는 고개를 저으며 뒤로 물러난다. 전혀 배고프지 않다. "네 수영복은 어디 있어?"

"난 안 가."

"뭐라고?"

"나 수영 못해." 패트릭이 말한다.

"엇!" 우리 학년에 수영 못하는 애가 있을 줄이야.

"우리 가족은 수영을 배울 정도로 한곳에 오래 머무르지 않거든." 패트릭이 먼 곳을 바라본다. "그리고 말야, 말하는 물고기를 만난 사람 몇 명이나 알아?" 나는 고개를 젓는다. "거봐, '물고기 소년'. 그 고등어는 널 만나러 온 거야. 오로지 너만."

그 말을 이렇게 또 저렇게 생각해본다. 그 고등어는 널 만나러 온 거야. 이 세상에 나 말고 이런 말을 들어본 사람이 또 있을까. 과연 있을까. "그건 뭐야?" 나는 패트릭의 옆에 놓인 커다란 흰색 가방을 가리킨다.

"비상용품." 패트릭이 잠금 기능이 있는 녹색 공책과 연필을 꺼낸다. 가방 안을 슬쩍 보니 밧줄, 쇠사슬, 붉은색 벨트로 묶은 노란색 고무 꾸러미가 들어 있다. 패트릭이 끈을 잡아당겨 가방을 여민다. 그러고선 **"메갈라스**Megállás**"**라고 말하며 공책에 그 단어를 대문자로 쓰고 내가 읽을 수 있게 들어 보인다. "멈추라고 할 때 쓰는 암호야."

"그냥 '멈춰'라고 말하면 왜 안 되는데?"

"그건 헝가리어가 아니잖아."

그냥 이 상황을 메갈라스 하고 싶다. "아무래도 우리 내일 다시 와야 할까봐." 내가 바다를 살피며 말한다. "파도가 고약해질 분위기야." 바다는 죽은듯 잔잔하다.

"넌 할 수 있어, 빌리." 패트릭이 말한다. "하지 않으면, 넌 남은 인생 내내 궁금해하며 살게 될 거야. 그걸 했더라면 무슨 일이 벌어졌을까, 내가 놓쳐버린 게 무얼까 하고. 그냥 한 번 부딪쳐봐야 해, 그래야 해."

확실하게

윗옷을 벗고 마른 모래 위에 수건을 놓는다.

파노라마 고글 렌즈를 수건으로 닦은 후 머리에 쓰고 팽팽하게 당겨 맞춘다.

"5시 42분." 패트릭이 손목시계를 내려다보며 말한다.

나도 내 시계를 내려다본다. "5시 42분." 우리의 시계가 같은 곳을 가리킨다.

패트릭이 하이파이브를 하면서 말한다. "메갈라스가 '멈춰'야. 꼭 기억해."

"알았어, 알았어. 알아들었어."

패트릭이 가방에서 군인용 인식표를 꺼낸다. "만약을 대비해야지."

"그거 보통 죽은 사람한테 걸어놓지 않아?"

"행운을 비는 거야." 패트릭이 말한다. "그리고 산 사람한테도 걸어놔. 죽을 때를 대비해서."

손안의 인식표를 뒤집어보니 **메갈라스**라고 새겨져 있다.

"제철製鐵 박물관." 패트릭이 말한다.

거기서 봤던 도장 기계가 떠오른다. 핸들을 돌려 한 번에 한 글자씩 찍어내는 것이었다. 나는 5학년 때 '산업의 재료들' 과제 때문에 거기에 갔었다. 이걸 만드는 데 백만 년은 걸렸을 거다. "고마워." 인식표를 목에 걸자 가슴 위에서 댕그랑거린다. 패트릭은 준비의 달인이다. 지금껏 누군가가 날 위해 만들어준 것 가운데 이 인식표가 가장 멋진 물건인 것 같다.

잠시 우리 둘 다 무슨 말을 해야 할지 몰라 거기에 서 있기만 한다.

"나바낙스가 재널러스를● 이긴다." 패트릭이 말한다.

나는 그 육식성 갯민숭달팽이들 이야기에 고개를 끄덕인 뒤 바다를 향해 걷는다. 물은 회색빛에 차가워 보인다. 거기에 발을 적신 뒤 고글을 아래로 당겨 쓰고 달리면서 타잔처럼

● 각각 갯민숭달팽이와 육지달팽이의 속명.

소리친다. "**아아**아아아 이이이이이이 아아아아 이이이이 아 아아아." 내 모든 두려움이 입 밖으로 쏟아져나오는 걸 느끼 면서.

준비

바닷물이 날 삼키게 둔다. 심장이 방망이질한다. 다시 이곳에 오니 내 피부가 너무도 기뻐한다. 물에 포옥 담가 주름을 좌악 편다.

잠시 눈을 감았다 뜬다. 아무것도 없다.

눈이 없다. 물고기가 없다.

그냥 아무것도 없다.

갈조류 한 뭉치가 손가락 옆을 둥둥 떠간다. 손 위에서 반짝이는 석탄가루가 피부에 내려앉는다.

숨을 내쉬며 물방울들이 방울방울 수면으로 올라가는 모습을 본다. 만날 수 없을지도 몰라, 나는 생각한다. 최소한 오늘은. 어쩌면 영원히. 녀석이 날 포기해버린 건지도 모른다.
나는 몸을 뒤집고 물 위에 둥둥 떠서 하늘을 올려다본다. 그
때 발에 느낌이 온다.

나는 앞으로 몸을 굴려 밑을 내려다본다.

심장이 떨어질 뻔한다.

그 고등어가 나를 빤히 쳐다보고 있다. 먹이 애벌레를 기다
리는 햄스터처럼.

"안녕." 나는 인사하며 미소를 지어보려 한다. 물속에서 미
소 짓는 게 어렵긴 하지만.

'케즈도딕,' 녀석이 말한다. 희망에 찬 목소리다.

나는 한 손에 인식표를 꼭 쥐고 가슴속 공기를 끌어모아 그
말을 똑똑히 밖으로 밀어낼 준비를 한다.

"케쯔." 내가 말한다.

'케쯔,' 막대기에 찔리기라도 한 듯 움찔하며 녀석이 말한
다. 물고기에게도 눈썹이 있다면 지금은 완전히 놀란 눈썹이
겠지. 녀석의 눈이 볼록하다. 아주 잠깐 내가 뭔가 잘못했을
지도 모르겠다는 생각이 든다. 이게 맞는 답이 아닌가보다.
'케즈도딕,' 녀석이 다시 말하고는 고개를 끄덕인다. 그 순간
모든 것이 시작된다.

응

고등어가 내 손 밑으로 헤엄쳐 가더니 잽싸게 돌아 정면을 본다.

그러고선 흔들흔들 몸을 위로 올려 자기 등에 내 손을 얹는다. 단단하고 강한 등이다. 뼈도 많다. 길고 매끄럽고 단단한 뼈. 나는 녀석을 만진다. 그리고 그 순간 폐가 팽창한다. 마치 물속 공기를 빨아들이는 것처럼, 공기가 알아서 내 안으로 흡수되어 들어오는 것처럼. 숨을 쉴 수 있다. 이 아래에 머물 수 있다. 한 번의 손길, 그리고 나는 더이상 소년이 아니다. 녀석이 날 올려다본다. 내가 활짝 웃는다. 나는 '물고기 소년'이다. 지금 나는 '물고기'다.

녀석이 전진하자 내 몸이 덜컹 흔들린다. 밧줄에 묶여 견인되는 삼륜차 릴라이언트 로빈처럼.

출발이다.

녀석은 천천히 헤엄치며 날 얕은 곳 여기저기로 이끈다. 녀석의 회전은 군더더기 없이 훌륭하다. 나는 아니다. 녀석은 어느 바위 옆에 멈추는 듯싶다가도 마지막 순간에 느닷없이 급출발을 한다. 내 몸은 그럭저럭 따라가지만 다리가 너무 느리다. 바위에 발목을 부딪히고 튕겨나온다.

"아야." 내가 말한다.

녀석이 멈추더니 몸을 휙 돌린다. **'아야?'** 뭔지 모른다는 눈치다.

나는 발목을, 다음으로 바위를 가리킨다. "아야." 녀석은 아직도 모른다는 눈치다. 나는 느린 동작으로 물을 휘저으며 손에 머리를 찧는 시늉을 한다. "아야."

그러자 녀석이 내 얼굴로 헤엄쳐 올라오더니 꼬리로 찰싹 때린다.

살짝이 아니다. 세다. 그리고 쏜살같다. **'아야?'** 녀석이 말한다. 목소리가 터널처럼 깊다.

"그래. 아야." 내가 뺨을 문지르며 대답한다.

'아야.' 녀석이 말한다. 날아갈 듯 기분이 좋아 보인다. 비스킷이라고 말하는 법을 막 배우고 하나를 얻은 아이처럼. 녀석이 바위에 냅다 머리를 부딪는다. **'아야,'**

"응." 나는 고개를 끄덕인다. "아야."

머리가 핑 도는 모양이다. 다시 내 손 밑으로 돌아온다. **'아야,'** 녀석이 엄청 자랑스레 말한다. 생각해보니 물고기들은 그 어떤 것도 만지지 않는다. 아마 뭔가를 먹을 때만 제외하곤. 먹는 것도 촉감으로 느낀다기보다는 빨아들이고 베어무는 편에 더 가깝다.

우리는 반짝반짝 빛나는 회색빛 사이를 지난다.

소금기에 코가 따끔거린다. 팽 하고 코를 풀고 나니 웃음이 터질 것 같다. 내 몸은 행복의 방울방울들로 거품이 되어 떠오른다.

바다안개 비슷한 것 안으로 향한다. 그리고 번개처럼 통과한다. 시야는 기껏해야 내 팔 길이 정도. 그만큼이 내가 닿을 수 있는 공간. 이외의 모든 곳은 그저 뿌연 채 영원 속으로 사라진다.

뼈바위를 끼고 왼쪽으로 돌아 따개비들이 덕지덕지 붙은 울퉁불퉁한 해령을 넘어 오른쪽으로 돈다. 거칠거칠, 살을 찢는 경사면들. 바위기둥과 해저주택과 해저계단과 해저블록 사이를 통과한다. 회색빛 납작바위들. 주름과 줄이 깊게 파인

바위들. 파인 곳마다 잔뜩 들어차 있는 달팽이와 흔들흔들 스펀지 같은 초록빛. 그리고 웅덩이, 물이 문질러 만든 구멍들. 반짝반짝 분홍빛 줄무늬 암석.

더 속도를 낸다. 담요같이 따뜻한 해류, 그리고 닭살이 살살 돋게 차가운 해류를 통과한다. 다시마가 내 배에서 찰랑대고 턱밑에서 펄럭인다. 푸름이 더 높아지고 더 넓어진다. 바다가 활짝 열리는 듯이, 우리가 그 입속으로 헤엄쳐 들어가는 듯이. 도저히 믿기지 않는다. 이걸 내 두 눈으로 보고 있다니. 이게 나라니.

나는 위를 바라본다. 수면이 사라져간다. 우리는 더 깊고 더 어두운 곳으로 간다. 아래로 더 아래로, 저기 빛 하나를 향해. 조그마한 은색 얼룩을 향해.

얼룩이 점점 커지고 밝아진다. 나는 한 손을 내 물고기 위에 올려둔 채 다른 손으로 인식표를 잡고 있다. 꽉. 인식표 덕분에 이걸 지금 나 혼자 하고 있는 게 아니라고, 내겐 탈출할 길이 있다고 느낀다. 얼룩에 더 가까워지니 내 물고기가 속도를 줄이고 나를 돌아본다. 녀석이 고개를 옆으로 까딱한다.

헤엄을 멈추고 우리는 그대로 떠 간다.

천천히.

천천히.

번쩍, 번쩍, 번쩍, 그 빛이 깜빡인다. 내게 뭔가를 말하려는 듯이. 우리는 가까이 더 가까이 다가간다. 그것과 비로소 마주보게 되기까지. 그리고 멈춘다.

그 빛이 움직이고 있다. 이리저리 휘고 또 빙글빙글 돌며 살아 있는 것. 나는 위와 아래를 본다. 도저히 눈을 뗄 수 없다. 수백, 아니 수천의 그것들이 회전하며 나선형으로 소용돌이치고 있다. 서로의 안으로 또 밖으로 움직이며. 고등어떼다. 위로 너무 높이, 아래로 너무 깊이 펼쳐져 있어 양끝이 어딘지조차 보이지 않는다. 획획 그것들의 몸이 움직인다. 그 규칙적 움직임이 최면을 걸어오는 듯하다. DNA 이중나선구조 모양이다. 어둠 속에 불을 밝힌 성당, 은빛 첨탑 모양이다. 뱃속 깊은 곳에서 활짝 웃음이 터져 얼굴로 솟구쳐오른다. 데이비드 경도 이걸 보면 정말 좋아할 텐데.

가까워지자 그것들의 소리가 들린다.

윙윙거림. 말이 아니다. 신호다. 생각들이 빛처럼 녀석들 사이를 오간다. 부딪히는 일, 하다못해 서로 닿는 일조차 없이. 마치 음악처럼. 머릿속에서 윙윙윙. 감미롭고 높고 낮고 시끄러운 것들이 한데 어우러진다. 콧노래처럼. 귀를 쫑긋 세워야만 겨우 잡아낼 수 있는 목소리들처럼.

내 물고기를 내려다본다. 녀석이 나를 돌아본다.

그리고 나를 무리의 한가운데로 데리고 들어간다.

일동 정지.

모두가 돈다.

모두가 본다.

수천 개 눈길이 와서 박힌다. 내 얼굴에, 내 검은색 스피도 수영복에. 모든 곳에.

내 물고기가 좌우를 살피고는 날 올려다본다.

'물고기 소년,' 녀석이 말한다.

물고기

                          소년

물고기

모두가 응시한다. 모두의 고개가 한쪽으로 기운다.

그리고 다 함께 시작한다.

                              물고기 소년

           물꼬기 소년

                        물고기

소년

물고기

모두가 말한다. 녀석들의 목소리가 사방에서 들려온다. 높고 또 낮은 모든 곳에서. 모두가 살금살금 다가온다. 머리를 움직이며, 이리 또 저리.

조그만 녀석 하나가 슝, 헤엄쳐 나온다.

맛나?

　　맛나?

　　　　맛나?

그렇게 말하며 내게로 온다. 내가 야금야금 먹을거리라도 된다는 듯. 내게 와서 닿는 입이 꼭 진공청소기 같다. 쌩, 돌아간다. 꿈틀거리며. 고개를 절레절레 저으며.

　　　　맛나 아니야

　　아니야

아니야

점액질이라도 핥은 표정이다. 미안하다. 내가 좀 맛이 없지.

물고기

소년

물고기

모두가 말한다.

물고기 소년

녀석들의 합창은 꼭 '워터월드' 입장권 같다. 여기서 놀아도 좋아라고 말하는. 그런 건 기분이 좋다.

생각들의 윙윙거림 뒤에는 모두 부랴부랴 움직인다. 물이 거품으로 가득하다. 물방울들이 내 가슴과 발뒤꿈치에서 팡 팡 터진다. 녀석들의 몸이 밀고 들어온다. 강하고 단단하다. 내 다리를 지나 내 얼굴을 지나 내 위로 또 주위로, 모두가 일 렬로 늘어선다.

머리카락이 위로 나풀거린다. 나는 내 물고기에게 매달려 있다.

우리는 고등어떼다. 한가운데 나를 품은.

잠시 정지.

그리고 헤엄치기 시작한다.

가자

물고기들이 말한다.

큰빛나

큰빛나

위로

우리는 위로 올라간다. 저 빛을 향해, 저 수면 쪽으로 속도를 올린다.

물고기들이 사방을 둘러 은빛 벽을 만든다. 나는 자유 공간에서 부유하며 흐름에 몸을 맡긴다. 녀석들의 몸과 몸 사이에 난 가느다란 틈으로 은빛이 보인다. 우리의 세계를 갈라놓는 그 '빛나'가.

해수면 위에서 웅웅거리는 그림자 하나. 전투비행 대형처럼 쫙 뻗은 검은 날개 한 쌍. 점점 커진다. 더 커진다. 더 가까워진다.

우리는 부리나케 밑으로 내려간다.

싫어, 녀석들이 고개를 저으며 파르르 떤다.

빠른 어둠, 녀석들이 말한다. 우리는 지그재그로 내려간다. 모든 그림자를 피해 이리저리 대열을 비틀며. 가상의 빠른 어둠들까지 피해서.

깡깡이다

모두가 소리치며 둘로 갈라진다. 바위 양쪽으로.
나와 내 물고기는 급히 왼쪽으로 꺾었다가 반대편에서 무리에 합류한다.

여기

　　　　여기

　　　　　　여기

모두가 모이자 다시 움직이기 시작한다. 목소리로 서로를 감싸면서.

우리

어라?

모두가 그대로 굳는다. 별안간, 그리고 황급히. 그저 꾸물 대고만 있다. 눈알을 이리저리 굴리며. 완전히 겁을 먹은 채.

나는 멈추지 않는다. 멈출 수가 없다.

앞쪽의 물고기들과 충돌하려던 찰나, 녀석들이 터널 모양 으로 흩어지며 나는 그 안을 미끄러지듯 곧장 통과한다. 아등 바등 멈추려고 애를 쓰며. 내 고등어에게서 손이 미끄러지고 말아 팔다리를 허우적댄다. 내가 너무 분홍색에 너무 인간이 라는 생각이 든다.

내 물고기가 아래로 헤엄친다. 곧게 아래로. 따개비들이 붙 은 선반 모양 바위에 돌진했다가 튕겨나온다. 무리 전체가 움 찔하며 뒤로 물러난다.

'**아야,**' 내 물고기가 말한다. 1학년 꼬마들을 가르치는 것처럼. 꼬리로 바위를 통통 치고는 다시 위로 튀어오른다. '**아야,**' 녀석이 말한다.

아야?

모두들 완전히 넋이 나간 듯 보인다. 물고기들은 그 무엇도 만지지 않으니.

무리 전체가 서로를 바라본다. 머리와 꼬리를 동시에 흔들며. '**아야?**' 모두가 말한다.

아야?

그러더니 바위를 향해 곤두박질치기 시작한다.

아야

아야

아야

모두가 말한다.

아야

아야

아야

나는 몸을 뉘어 거꾸로 회전한다. 녀석들의 노래가 나를 채운다. 내 코에서 웃음 방울 하나가 나온다.

아야

아야

아야

녀석들은 멈추지 않는다.

이젠 멈춰야 해. 그렇지 않으면 다치고 말 거야. 속이 약간 메슥거린다. 기분도 별로고.

나는 바위로 헤엄쳐 내려간다. 모두가 전속력으로 날 앞질러 가 그대로 곤두박질친다. 녀석들의 그림자가 내 피부 위를 쉭쉭 지난다. 몸으로 바위 앞을 가리니 따개비들이 내 손을 긁는다. "하지 마, 아야." 내가 고개를 젓자 모두가 그대로 군다. 화살촉 같은 머리들. 한 녀석이 내 배꼽 바로 앞에서 멈춘다.

"하지 마, 아야." 내가 말한다.

이 말의 뜻을 물고기들이 알까 모르겠다. 어지럽게 흔들리는 눈길을 느낀다. 내게 시선을 고정하려 애쓰고 있다. 바다가 정적 속에서 삐걱댄다. 나는 손을 뻗는다.

하지 마

하지 마

하지 마

녀석들이 고개를 저으며 꼼지락꼼지락 뒤로 물러난다. 모두가 하나처럼.

"여기," 내가 말하며 저멀리 텅 빈 공간을 가리킨다. "가자."

이건 녀석들도 이해한다.

가자

가자

가자

내 말에 천 개의 메아리가 따라온다. 내 물고기가 꿈틀꿈틀 손 밑으로 돌아온다. 그리고 무리 전체가 다시 우리를 감싼다. 나는 녀석에게 활짝 웃어주고 출발한다. 눈앞의 꼬리들 속으로, 그리고 흐릿함 속으로 날아들어간다.

나는 우리 곁에 딱 붙어 있다. 날렵한 가로지르기와 광란의 회전. 녀석들은 물과 흐름과 상승 해류를 읽는다. 수면을 뚫고 들어온 태양이 회색빛에 불을 밝히고 미지의 곳에 길을 낸다.

길들이 짙은 갈색 속으로 사라진다.

말랑이다

모두가 소리친다. 내 배 아래로 갈조류 한 뭉치가 지나간다. 끝내주는 말랑이다다.

"오른쪽!" 내가 외친다.

오른쪽
오른쪽
오른쪽

모두가 말한다.

오른쪽으로 가지는 않는다. 녀석들에게 그건 아무런 의미가 없는 말이다.

웃음을 터트리자 입안 가득 무지갯빛 해조류가 밀고 들어
온다.

저리로 뱉어낸다.

"왼쪽." 내가 말한다.

왼쪽

왼쪽

왼쪽

모두가 말한다.

왼쪽으로도 가지는 않는다.

우리는 아래로 내려간다.

갑자기 울려퍼지는 거대한 소리,

응이다

그리고 멈춘다. 그렇게 멈추는 것 좀 멈췄으면 좋겠다. 나
는 가까스로 제때에 두 발을 들어올려 무릎을 구부리고 바위
에서 튕겨져 나온다. 그러다 발가락을 찔린다.

돌아보니 수천 개 얼굴이 기대에 차 있다.

아야?

녀석들이, 모두가 묻는다.

나는 발에서 피가 나는지 본다. 아니다. 나는 "그래, 아야"
라고 대답하며 활짝 웃는다. 녀석들이 고개를 끄덕이며 꼼지
락거린다.

주위를 둘러본다. 우리가 왜 멈춘 건지 도저히 모르겠다.
그저 모두가 무척 신나 보인다.

응이다

모두가 말한다. 뭔가 내게 의미 있는 말이라는 듯. 아닌데.

"응?" 내가 말한다.

모두가 쏜살같이 날아 바위로 향한다. 하지만 아야 하려는
게 아니다. 이번엔 아니다. 녀석들은 내가 볼 수 없는 무언가
를 쪼아먹는다. 앞으로 뒤로 움직이며 무언가를 빨아들인다.
저녁식사를 위해 멈춘 것이다.

내 물고기가 나를 보며 끄덕인다. 녀석은 내게 보여주려고

'음식'에 코를 박는다.

응이다, 녀석이 말한다.

매우 기뻐 보인다. 그 이상 내가 바랄 게 뭐가 있을까?

나도 조금 먹는 시늉을 한다. 우리가 지금 빨아들이고 있는 작디작은 요각류들을 머릿속에 그려본다.

응이다, 녀석이 말한다.
응이야?

"응." 내가 말한다. 이것 참 말도 안 된다.

녀석은 다른 물고기들 틈바구니에 몸을 묻고 열심히 먹는다.

응이다
응이야, 녀석이 말한다.

무리의 다른 물고기들도 하나둘 끼어들더니 바닷속 전체에 울려퍼진다.

거대한 **응이다**의 합창곡이.

나는 모두가 빵빵하게 볼을 채우는 모습을 바라본다.

패트릭과 도리토스가 떠오른다.

걔는 거기에 얼마 동안 있었을까?

나는 여기에 얼마나 있었고?

가야 한다.

내 물고기의 등을 톡톡 두드리자 녀석이 휙 돌아선다.

나는 인식표를 확인하고 말한다. "메갈라스, 갈게."

갈게? 녀석이 말한다.

싫어

녀석이 코로 뒤에 있는 음식을 가리킨다.

응이다, 녀석이 말한다.

"아니." 나는 고개를 가로저으며 가슴을 가리킨다. "위로.
큰빛나."

녀석이 매우 슬퍼 보인다.

"돌아올게." 내가 말한다. "내일."

물고기들에게도 내일이 있는 건지 알 도리가 없다. 그저 달
과 해와 어둠만 있으면 어떡하지? 모르겠다.

"돌아올게." 다시 말한다. "내일." 나는 손을 흔들고 발을 차서 위로 향한다.

그리고 아래를 내려다본다.

녀석의 눈이 떠나는 날 따라온디.

나는 수면을 깨고 나간다.

깡깡이다들

폐가 식식거리며 다시 살아난다. 마치 내 몸의 모드가 전환되는 것처럼.

공기를 들이마시고 해안 쪽을 찾는다. 내가 지금 어느 방향을 보고 있는 건지 전혀 모르겠다.

뇌를 가동한다. 산란을 위해 무리 지어 이동하는 닭새우처럼. 본능이 말하는 것을 찾아내고 그것을 믿는다.

악어바위가 보인다. 가깝진 않지만 그렇다고 너무 멀지도 않다. 활기가 차고 넘쳐 어디든 헤엄쳐 갈 수 있을 것만 같다. 태양이 수평선에 걸려 있다. 그 빛이 시내 꼭대기에 있는 테스코 엑스트라 마트의 유리에 반사된다. 시간은 딱 충분하다.

딱 엄마와 아빠가 기절하지 않을 정도로만.

나는 물고기들의 느낌을 기억하려 애쓴다. 그 리듬을. 그 근육을. 물고기들이 물을 읽고 또 타던 방식을. 이렇게 수면 위에서 흔들거리고 있는 게 왠지 잘못된 일처럼 느껴진다. 마치 빠른 어둠 한 마리에게 붙들리고 말 것처럼. 데이비드 경이 말한다. "바닷가재류의 신체에서 가장 예민한 부분은 배입니다." 나는 팔을 한 번 저을 때마다 물에 고개를 담근다. 보다 안전한 쪽에 머무르는 차원에서.

얕은 곳에 도달해 파도를 헤치고 모래사장으로 걸어올라간다. 물 밖으로 발을 딛자마자 몸이 천근만근이다. 발이 모래 속으로 쑥쑥 들어가 발목까지 빠진다. 바닷물이 발을 뒤로 끌어당기며 놓아주려 하질 않는다. 나는 다리를 높이 들면서 걸어나온다.

패트릭이 『제브라카다브라』 책에서 눈을 떼고 올려다본다. "마술을 가능케 하는 것은 카드가 아니라 마술사의 손이다." 그러고선 손바닥 안에 퀸 하트 한 장을 튕겨넣고 손가락들을 까딱거리니 카드가 사라진다. 패트릭이 책을 탁 덮는다. "너 뭔가……"

"뭐?"

"이상해 보여."

"아." 나는 패트릭의 비상용품 가방을 들어 허공에 던진다. 이 에너지를 어떻게 해야 할지 모르겠다. 패트릭은 나를 보고만 있다. 내가 가방을 잡자 패트릭이 날 밀친다. 서로 가방을 빼앗으려고 모래 위에서 엎치락뒤치락한다. 이기고 난 패트릭이 강철 손가락들을 치켜든다. 나는 바로 가방을 넘긴다.

"너 살이 끈적끈적해." 패트릭이 말한다.

"소금기야."

"그래서?"

"뭐가?"

패트릭이 팔꿈치로 내 배를 찌른다. "다시 돌아왔어?" 그러면서 물고기 얼굴을 만들어 보인다. "걔가 **뭐랬는데?**"

가로등이 오렌지빛으로 아른거린다. "응, 거기 있었어." 야행성 곤충들이 날아오른다. 나는 그 모든 것들을 떠올려본다. 너무 대단해서 말로 옮기질 못할 것 같다.

"원하는 게 뭐래?" 패트릭이 책으로 내 머리를 때린다.

"그게 설명하기가 좀 힘들다고나 할까." 나는 일어나 머리카락에 붙은 모래를 비벼서 떨어낸다.

"아." 패트릭이 상처받은 것 같아 마음이 좀 그렇다.

잠시 둘 다 아무 말 않는다.

패트릭이 일어나 앉더니 양팔로 무릎을 감싼다. "자전거

타러 갈래?"

"지금?"

"내일."

"그래." 코에 앉은 장님거미 한 마리를 입으로 불어 날린다.

"좋아."

내가 주먹을 내밀고, 패트릭의 주먹이 와서 부딪친다. 물고기들을 생각한다. 온 얼굴에 활짝 웃음이 번진다. "엄청났어." 나는 이렇게 말하며 주먹으로 패트릭의 어깨를 친다. "내가 여태까지 살면서 한 일 중에 가장 멋졌던 것 같아." 패트릭도 미소를 짓는다. 그리고 그애의 소매에서 에이스 카드들이 돋아난다.

그만 돌아가기로 한다. 파도가 들이치는 모습을, 모래로 기어오르는 모습을 돌아본다. 내 물고기는 지금 무얼 하고 있을까. 나도 없이.

절벽 계단을 올라 자갈 위를 걷는다. 맨발로. 그리고 머릿속에선

　　　　아야

　　　　　　　아야

　　　아야, 한다.

깡깡이다들이 정말, 정말, 많다.

지구상에서 가장 미지에 싸인 곳

몽유병에 걸린 듯 집으로 걸어와, 몽유병에 걸린 듯 저녁을 먹고, 몽유병에 걸린 듯 잠을 자며 물고기 꿈을 꿔보려고 애를 쓴다. 녀석들 전부를. 엄마 생각 같은 건 하지 않는다. 엄마의 검사 생각 같은 건 하지 않는다.

이날 한밤중에 잠에서 깨어난다. 이유는 모른다. 침대에서 나와 창문을 연다. 거리가 고요하다. 지붕들이 보인다. 비둘기들마저 잠들었다.

홈통에서 고양이 한 마리가 뛰어내리더니 뒤돌아 나를 올려다본다. 어둠 속 초록 눈동자. 우리는 서로를 빤히 쳐다본다. 바람은 불지 않는다. 고양이는 슬그머니 길 아래로 사라진다.

바닷소리가 들린다.

거기에 있고 싶다. 우리 속으로 돌아가고 싶다.

나는 한 마리 포투새처럼 창틀에 기대서 있다. 포투새는 나무의 생김새에 감쪽같이 섞여들 수 있다.

데이비드 경이 아마존 분지에서 포투새 한 마리를 지나쳐가며 설명한다. "나무에서 포투새를 구별해낼 수 있는 유일한 방법은 부리와 눈을 찾는 것입니다." 그가 지나가자 포투새는 고개를 숙이고 눈을 감아 부러진 나뭇가지가 된다.

나도 눈을 감고 파도의 소리를 듣는다.

인간 로켓

우리는 호프 스트리트 꼭대기에서 만난다. 패트릭의 자전거는 '자이언트 이스케이프 주니어 24', 내 건 '플라이트 패닉 BMX'. 내 자전거는 좀 작다. 아홉 살 때부터 타온 거다. 핸들 위에 구멍이 하나 있는데, 하워드 아저씨가 준 햄버거 모양 경적을 떼어낸 자리다.

각자의 팔목을 내려다본다.

"10시 3분." 동시에 말하며 시간이 일치한 기념으로 하이 파이브를 한다.

오늘은 말하자면 그런 날씨다. 한번 더워져볼까 생각하는 날씨. 태양이 머리 위를 맴돌고 있다. 빨간 신발을 신은 남자가 핸드폰을 보며 걸어가다 나무로 직행한다. 일부러 그랬다는 듯 튕겨나오며 태연스레 걸음을 재촉한다.

나는 패트릭을 쳐다본다. "어디로 가고 싶어?"

"모르지. 네 동네잖아."

"네 인생이잖아."

"네 죽음이잖아."

"뭐라고?"

"뒤따라오는 게 더 좋으시다면야." 패트릭이 웃어 보이고는 쌩하니 출발한다.

자전거 페달에 발을 딱 붙이고 패트릭을 쫓아간다. 그애는 빠르다. 정말, 정말, 빠르다.

가로수들이 흐릿하게 스쳐지난다.

머리 스트리트를 내려간다. 꽃장식 스티커가 붙은 창문과 장미 없이 뭉툭한 덤불 정원이 있는 방갈로들을 지난다. '슈라이트' 신발가게와 '컷 더 크랩' 미용실을 지나 올라가면 거기서부터 언덕이 시작된다. 이 동네에서는 어디든 조금이라도 멀리 돌아보자면 무조건 언덕을 타야 한다. 다리에 불이 난다. 패트릭이 한 마리 파리처럼 저멀리 사라지는 게 보인다. 좌회전으로 '웍 디스 웨이' 식당을 지나 우회전으로 동네를 벗어난 다음 올라간다. 좁은 길들이 나오는 쪽으로 좌회전. 지름길이다. 패트릭이 모퉁이를 빠르게 도는데 무릎이 옆으로 눕다시피 한다. 프로 선수 같다.

나도 그 모퉁이를 돌려다 울타리에 처박히기 직전에 브레이크를 잡는다.

핸들이 땀으로 흠뻑 젖었고, 앞바퀴는 도랑에 빠졌다.

울타리의 가시철망에서 턱을 빼낸다. 이 위쪽 길은 양옆이 모두 들판이다. 이제 자전거, 조깅하는 사람, 트랙터 말고는 아무도 쓰지 않는 길들. 들판 가득 옥수수 그루터기다. 수확기가 남기고 간 줄기들. 모든 것을 빨아들여 거대한 트레일러 안에 뱉어내는 콤바인 기계. 날벌레들이 내 머리에서 피어오르는 난기류를 타고 있다. 패트릭은 다음 언덕으로 사라진다.

데이비드 경이 남아프리카산 영양 한 마리를 관찰한다. 녀석은 잠복해 있다가 막 정체가 탄로 난 표범에게서 도망치는 중이다. "사냥을 말아먹고 말았군요."

"**잠깐만!**" 내가 외친다.

들었으리라고 생각지 않았는데 패트릭이 자전거를 멈추고 돌아본다. "**뭐?**"

"**제발.**"

패트릭이 기다려준다.

그러고선 자전거를 돌려 쏜살같이 내려온다. 한 마리의 물

수리, 이란수리부엉이처럼. 가뿐하게.

패트릭이 멈춘다. 브레이크에서 끽 하는 소리조차 나지 않는다. 나는 아직도 숨을 고르는 중이지만 그애는 아니다.

"괜찮아?"

"응." 내가 답한다. "그런 듯." 손등으로 땀을 닦아낸다. "자전거 좋네."

패트릭이 날 보며 씨익 웃는다. "크리스털 팰리스 주니어 단교경주 챔피언이시다. 자전거가 좋은 게 아니야."

"함 바꿔봐?"

"좋아."

나는 물병에 든 물을 한참 동안 들이켠다. 자전거를 바꾼다. 출발.

이 자전거, 겉만 번지르르하다. 나는 여전히 느려터졌다.

내 자전거를 타고도 패트릭은 인간 로켓이다.

비탈길을 오른다. 꼭대기에서부터는 쭉 내리막이다. 하늘을 날 듯 우리는 낡은 농장과, 헛간들과, 분홍색 비닐로 포장된 건초 뭉치를 쌓고 있는 적재용 중장비를 지난다. 아무런 까닭 없이 인적 없는 곳에 지어진 집 네 채를 지난다.

'사슴언덕'의 꼭대기에서 내가 거의 따라잡을 수 있을 정도로 속도를 늦추고는 패트릭이 뒤돌아본다. "준비됐어?"

"무슨 준비?"

"이거."

패트릭이 오른쪽 길 아래로 내달린다. 뒤를 따라 나도 열린 울타리 문을 통과해 들판으로 들어간다. 밑동만 남은 줄기들 사이를 통통통통, 목이 용수철로 된 인형처럼 우리는 고개를 들썩이며 지난다. 덜컹거림이 손을 타고 어깨로 올라간다. 나는 미끄러지지 않으려고, 살갗을 떼이지 않으려고 안간힘을 쓴다. 바람이 귓전을 찢고 지나간다. 패트릭이 어반코요테처럼 소리친다. "이에에에 하아아아아아아우."

나는 퓨마 우는 소리를 낸다. 그러면서 목이 터져라 깔깔거린다.

우리는 언덕 밑에 멈춰서 건초 더미에 자전거를 기대어 세운다.

"최고 속도 시속 29킬로미터. 평균 14.3." 패트릭이 자전거 속도계를 읽는다. 내가 탄 자전거에 달린 속도계.

"이 정도면 괜찮은 거야?"

"아니."

우리는 건초 더미 꼭대기로 기어올라간다. 태양에 달궈진 비닐이 뜨겁다. 달짝지근한 향이 난다.

우리 마을을 굽어본다. 저 아래. 너무도 멀리. 뱀처럼 구불

구불 움직이는 자동차들. 거리의 빈틈을 착실히 메운 집들. 크고, 작고, 옹기종기 모여 있고, 드문드문 펴져 있고. 우리 마을은 한 점의 콜라주 작품이다. 바람이 머리를 식혀주고, 두 다리는 먼지로 범벅이다.

"그런 건 다 어떻게 익힌 거야?"

"수영 못한다고 다른 것도 다 엉망진창인 건 아니거든." 패트릭이 내게 머리를 들이민다. 헬멧 쓴 당나귀들의 버티기 한 판. 나는 헬멧 버클을 푼다.

둘이 동시에 허공을 가리킨다.

"매." 그리고 합창한다.

"징크스 패드락."•

무승부다.

매의 그림자가 그루터기 위를 스친다.

패트릭이 레벨스 초코볼 한 봉지를 꺼내 이로 뜯어 연다. 커피가 든 건 먹지 않도록 주의한다. 초코볼들은 입으로 들어가기 전에 손에서 먼저 녹아버린다.

"나 바보 아니거든." 패트릭이 작은 초코볼 하나를 깨물어

• 동시에 같은 말을 했을 때 먼저 '징크스 패드락'(Jinx Padlock)이라고 외치는 사람이 주도권을 잡는 게임.

반으로 가른다. 오렌지맛이다. 위험천만한 짓이다. 까딱 잘못하면 커피맛이기 십상인데. "어서 털어놔."

"뭘?"

"네 물고기 얘기."

"아." 나는 몰티저•맛을 집는다. 알아보기도 쉽고 위험천만할 일도 없다.

"난 널 위해 돌아와줬다." 패트릭이 말한다.

"언제?"

"지금 막." 그애가 나를 뚫어지게 쳐다본다. "널 두고 그냥 가버릴 수도 있었어." 우리 둘 다 건포도맛을 집는다. "넌 미국독도마뱀보다도 느리다고."

"민달팽이."

"세발가락나무늘보."

나는 수 킬로미터는 족히 펼쳐져 있는 바다를 내려다본다. 너무도 광활해 여기 건초 더미에서 점프해 그 속으로 곧장 들어가고 싶을 정도다. 이런 걸 단 한 번도 느껴본 적 없다는 건, 지금껏 수영을 단 한 번도 해본 적 없다는 건 대체 어떤 기분이려나.

• 캐러멜이 들어 있는 초콜릿볼.

"내가 수영을 가르쳐줄 수도 있어." 내가 말한다.

"대신 그냥 얘기해줄 수도 있지." 패트릭이 말한다.

입안에 넣은 게 하필 커피맛이다. 건초 더미 아래로 뱉는다. "내가 미쳤다고 생각하게 될 텐데."

"너 미친 거 맞아."

"감사합니다!" 내가 마지막 밀크 초콜릿맛 세 개를 집는다. 그러고는 비닐에 등을 대고 누워 기억나는 모든 걸 패트릭에게 얘기한다.

밥

"너한테는 애완 물고기떼가 있는 거네." 패트릭이 옆으로 돌아눕는다. "진짜 엄청 멋져."

"사실 걔네가 날 애완동물이라고 생각하는 것 같아. 느려터졌다고도 생각하는 것 같고."

"너 느린 거 맞아."

건초 더미에서 지푸라기 하나를 뽑아내 그걸로 패트릭을 쑤신다. 그애가 마지막 초코볼을 먹는다.

"'물고기어'로 하면 그 과자는 **웅이다**라고 한단다."

"눈이 없는 물고기를 뭐라고 부르게?" 패트릭이 묻는다.

"뭔데?"

"Fsh."•

"녀석을 나이젤이라고 부를까봐."

"누구?"

"대장 물고기 말이야." 나는 일어나 앉는다. "옛날에 나이젤이라는 햄스터를 키웠거든. 죽었어."

"햄스터들은 일찍 죽지."

"라디에이터 뒤로 떨어졌어."

"저런. 시드라는 이름은 어때?"

"피트?" 내가 말한다. "샘?"

"패트릭 2?"

나는 손에 쥔 지푸라기를 패트릭의 입에 쏙 넣었다 뺀다. "스타?"

"스타?"

"걔는 정말로 반짝거리거든."

"남자애 이름이 스타인 건 본 적이 없다." 패트릭이 내 지푸라기를 빼앗아 저리 던져버린다. "딩동은 어때? 뭔가 반짝이는 것처럼 들리잖아."

"밥." 내가 말한다.

• 눈(eye)이 없으므로, 눈과 발음이 같은 알파벳 i를 '물고기(Fish)'에서 뺀 것.

"밥?"

그러고선 둘 다 잠시 잠자코 있다.

"그래, 걘 정말, 딱 바비* 같아." 내가 말하는데 배추흰나비 한 마리가 지나쳐 날고, 그걸로 얘기는 끝이다. 밥이다, 녀석의 이름은.

우리는 자리에서 벌떡 일어선다. 건초 더미들의 왕이라도 되는 양.

"걔들에게 뭘 가르쳐볼 수도 있잖아." 패트릭이 말한다.

"아마도. 사실 녀석들이 말을 많이 하진 않아. 말보다는 느끼는 쪽이지. 걔들 정말 굉장해."

"자연은 정말 굉장하다." 패트릭이 소리친다.

"집파리들은 F키로 윙윙거려."

"전기뱀장어는 말 한 마리쯤은 그냥 죽일 전기를 만들고." 패트릭이 말하며 먼 곳을 본다. "언제 다시 들어갈 거야?"

"오늘밤. 올 거야?" 나는 가장자리에 쪼그려앉는다.

"네 자전거 속도가 올라가면 생각해볼게." 우리는 건초 더미 위를 통통거리며 미끄러져 내려온다. 그러다 바닥에 도착해서도 멈추지 못하고는 엉겅퀴 한 송이가 피어 있는 곳으로

\--

* 밥(Bob), 바비(Bobby) 모두 남자 이름으로 주로 쓰이는 로버트(Robert)의 애칭.

돌진한다.

"아야." 둘 다 고급 '물고기어'로 말한다.

다리에 박힌 가시를 뽑아내려고 해보지만 손가락 사이에서 그냥 부러져버리고 만다. 우리는 다시 자전서에 오른다.

"가자, 내 믿음직한 말이여, 이랴!" 패트릭이 외치고 우리는 아까 통과해온 그루터기 사이를 아무렇게나 내달린다.

'사슴언덕'을 제대로 질주해 내려오지만 밑에서 멈출 수밖에 없다. 길 한가운데에 서 있는 어떤 남자와 관절염 걸린 래브라도 때문이다. 래브라도의 다리들이 바들바들 떨리고 있다. 눈으로는 웃는다. "미안, 친구들." 남자가 말한다. "녀석도 이젠 더이상 방법이 없나봐." 우리가 래브라도의 머리를 토닥이자 녀석이 드러누워 꼬리를 흔든다. 래브라도가 코를 부딪히는 일이 없게 우리는 자전거를 이리저리 옆으로 민다.

"속도는 얼마나 나왔어?"

패트릭이 속도계를 확인한다. "시속 45킬로미터."

"좋은데." 안심이다.

패트릭이 날 보고 웃는다. "하지만 더 잘할 수 있어."

돌아가는 길은 대부분 내리막이다. 신바람이 난다. 페달을 밟고 일어서자 바람이 비명을 내지르며 내 얼굴에 부딪는다. 우리는 가장 잘하는 동물소리들을 흉내낸다. 어처구니없는 소리지만 재미있다.

왓슨 코너 거리에서 정지하며 브레이크를 잡으니 바퀴 타는 냄새가 사라진다. 우리는 자전거를 다시 바꾼다. 패트릭이 떠나고 나는 손을 흔들며 그애가 미니 쿠퍼 자동차 한 대를 추월하는 모습을 구경한다.

집안으로 들어서자 엄마가 내려와 내 땀 자국들을 본다. 점액질을 내뿜는 먹장어라도 된 기분이다.

"자전거 재미있었어?" 엄마가 묻는다.

"패트릭이 크리스털 팰리스의 주니어 단교경주 챔피언이래요."

"그렇구나." 엄마의 눈썹이 감명받은 모양처럼 보인다.

우리는 전자레인지로 버터와 설탕을 녹인 뒤 거기에 귀리와 건포도를 넣어 섞고 다시 오븐에 구워 플랩잭 비스킷을 만든다. 그러고선 뒤뜰로 나가 잔디밭에 앉아 햄 샌드위치와 함께 오븐 용기째 갖고 나온 뜨거운 플랩잭을 숟가락으로 퍼서 먹는다. 설탕과 열기가 내 잇몸을 태운다.

"빌리……"

"네?"

"샤워를 하고 싶으실 것도 같은데요." 엄마가 말한다.

내가 고개를 젓는다. "수영 갈 거예요."

"지금?"

"네." 나는 입안에서 부푼 탱탱한 물집을 혀로 쿡쿡 누르며 수건을 가지러 위층으로 뛰어올라간다.

"8시까진 돌아와, 빌리. 알겠어?" 엄마가 소리친다.

"네." 나는 그렇게 외치고 사라진다.

좀 이상해

하피 가을용 잠수복, 오케이. 수건, 오케이. 고글, 오케이. 뒷문으로 나가 제이디네를 지나……

오케이 아님.

그애가 창밖으로 고개를 불쑥 내밀며 날 놀라게 한다. "안녕." 그러면서 소리친다.

음악이 쿵쿵 울리고 있다.

"안녕." 내가 소리친다.

바람이 우리 눈 위로 머리카락을 날리고, 제이디의 음악은 절벽 너머로 날아간다.

나는 긴장하지 않은 듯 보이려고 애를 쓰며 걷다가 조약돌에 걸려 넘어진다.

그리고 해안 계단 위에서 패트릭을 만난다.

『5초 안에 성공하는 로프 트릭』. 패트릭이 겨드랑이에 낀 책을 두드리며 윙크한다.

"비상용품은 없어?"

"아직은." 패트릭이 주머니에서 헤드랜턴을 꺼낸다. "오늘은 이것만."

오늘은 토요일, 그래서 해변도 더 붐빈다. 우리 거리에 사는 로레인 아주머니가 위스키라는 이름의 스코티시테리어와 세 살배기 마사를 데리고 계단을 올라온다. 마사가 멈추더니 패트릭을 바라본다. 그러고선 "유니 키티는 무지개 위에서 춤 춰" 하면서 장난감 말을 들어 보인다. 아래에 조개껍데기 하나가 대롱대롱 매달려 있다.

위스키가 쪼그려앉아 쉬한다.

우리는 그 쉬한 데를 넘어 아래로 내려간다. 그들은 위로 올라가고.

"뭘 가르쳐줄 생각이야?" 패트릭이 묻는다. "물고기들한테."

"모르겠어." 우리는 해변에서 연을 날리는 아이 둘을 피해 바위들이 즐비한 쪽으로 옮겨간다. "그냥 거기 있고 싶다는 생각뿐이야, 난." 바위 위로 기어올라가 다른 바위로 폴짝폴짝 건너뛴다. 양팔을 넓게 벌린 채. "프랑스어를 가르칠 수도 있지." 패트릭이 말한다. "무엇이든 가르칠 수 있어."

나는 수건을 내려놓고 고글에 침을 묻힌다. "넌 뭐하고 있을 거야?"

"독서."

"알았어."

"그리고 연습." 패트릭이 주머니에서 로프와 가위를 꺼낸다.

"멋지다."

"그럼 좀 이따 보자." 내 말에 손을 흔들어야 하는지 아닌지 우리 둘 다 알지 못한다. 그래서 흔들지 않는다.

"곧 보자." 패트릭이 말하며 가위를 들고 초콜릿 플래닛• 상자를 연다.

그런 모습이 전부 좀 이상하게 느껴진다. 마치 나는 파티에 초대받았고 패트릭은 그렇지 못한 것처럼.

바위에서 깡충 뛰어내린다. 쉽진 않지만 넘어지거나 발목을 접질리는 일 없이 잘해내고는 바다로 걸어들어간다.

• 여러 행성의 모습을 본떠 만든 초콜릿 제품.

우리

물속으로 뛰어들며 아래로 다이빙한다. 바닷물은 밝고 또 파랗다. 고개를 저 밑으로 넣으면 바람과 비명과 소리들이 사라진다. 바다가 그 모두를 빨아들인다. 귀가 찡 하고 울린다. 내가 새로운 세계에 들어왔다는 얘기다.

"안녕." 저 허무에 대고 외친다. "나 왔어."

좀더 헤엄친다. 작은 돌들을 지나 큰 바위들로 향해 간다. 모래 바닥이 끝나면서 이어지는 주름과 틈과 돌기둥. 불룩하니 솟은 곳에 일없이 앉아 있는 쪼꼬미 무리가 보인다.

눈을 들어 보니 녀석이 오고 있다. 지그재그로 꼬리춤을 추듯이. 슝하니 다가온다.

물고기 소년

물고기

물고기

소년

물고기 소년

    노래라도 되는 양 녀석은 부르고 또 부른다. 녀석은 내 물고기다. 나는 녀석의 소년이다. 어쩌다보니 그리 되었다. 녀석이 내 고글에 닿는다.

    그리고 내 눈을 들여다본다.

    '**케즈,**' 녀석이 말한다. 목소리가 메아리처럼 울린다.

    녀석의 등에 손을 올리자 폐가 이완되며 아가미 모드로 들어간다. "케즈도딕." 내가 고개를 끄덕이고 출발한다.

    우리는 낮게 헤엄친다. 따개비들이 다닥다닥 붙은 등성이까지 내려간다. 매끈이고둥, 소라게, 불가사리와 마주보며. 속이 훤히 보이는 새우 두 마리가 더듬이를 쫑긋 세우고 쌩하니 간다. 나는 온 정신을 몸에 집중시키고 등성이를 넘는다. 사람의 형상을 한 물고기로.

    우리는 위로 올라가 외해역*으로 들어간다.

녀석이 날 왼쪽으로 휘두른다. 그리고 오른쪽으로. 녀석을 꼭 붙잡고 있으려고 애쓴다. 다시 오른쪽으로 간다. 이게 무슨 상황인지 알아채는 데 한참이 걸린다. 나는 그제야 알게 된다. 녀석은 지금 날 산책시키는 거다.

"야!" 내가 소리치며 멈춘다. 나 정도면 수영 잘하는 거 아니냐? 내가 훈련이 필요한 수준이야? 고등어는 1초에 5.5미터를 헤엄친다.

그래. 인정.

'**야,**' 녀석이 말하며 헤엄을 시작한다.

녀석을 잡으려 해보지만 놓친다. 꼭 미끄덩거리는 비누 같다.

'**야!**' 녀석이 내 팔꿈치 옆으로 빠져나간다.

왜 물고기는 웃을 수 없는 걸까. 울 수는 있는 걸까.

'**우리,**' 녀석이 말한다.

우리

가자

녀석이 길을 재촉하려 하는데 내가 손을 뻗는다. "멈춰. 가

• 육지에서 멀리 떨어진 바다의 일정한 지역.

자 안 해."

안 해?

녀석이 날 본다.

우리의 몸이 위아래로 출렁인다. 내 머리카락은 양옆에서 나풀거린다.

녀석에게 무언가를 가르쳐주고 싶다, 나도. 그런데 뭘?

녀석에게 이름을 가르쳐주고 싶다.

나는 녀석을 가리킨다. "너, 밥."

밥?

"응!"

나를 가리킨다. "물고기 소년." 녀석을 가리킨다. "너, 밥. 나, 물고기 소년."

녀석은 아주 멍한 표정이다. 그러다 내 겨드랑이 사이로 뛰어든다. **'우리,'** 녀석이 말한다. **'우리,'**

내가 고개를 젓고 손가락으로 가리킨다. "너. 나."

그러자 녀석은 내 목덜미로 헤엄쳐 오더니 거기에 몸을 비비적거린다. **'우리,'** 정말 조용히 말한다. 녀석에게도 눈썹이 있다면 지금은 정말로 슬픈 눈썹일 거다.

"알았어, 알았어." 우리는 '우리'가 아니면 아무것도 아니다. "우리."

'우리,' 녀석이 다시 튀어나가며 저멀리 꿈틀거리는 은빛 얼룩으로 나를 이끈다.

우리는 훌륭한 한 팀이다. 물을 이리저리 헤치며 날아가 거기, 무리 안으로 곧장 들어간다. 반짝거림과 꿈틀거림이 짜여 만드는 길고 유연한 그물망.

밥이 그 흐름 속으로 날 데려간다. 나는 놓치지 않는다. 회전을 시작한다. 그러자 녀석들 중 하나가 윙크한다.

물고기 소년

물고기 소년

소년

물고기

물고기 소년

녀석들의 목소리가 위에서 아래에서 사방에서 들려온다. 녀석들이 생각한 건 '날 반짝이기'. 그게 무슨 의미인지는 모르겠지만 옆구리에서 귓속 뼈까지 녀석들의 목소리가 느껴진다.

"둥글게." 내가 말한다. "우리."

녀석들이 끄덕인다. 수천 개의 머리들이.

둥글게

        가자

              둥글게

우리

빙글빙글 돈다.

어지럼 같은 게 느껴질 것 같았지만 아니다. 처음에는 천천히 회전한다. 끝내준다. 다음엔 더 빠르게. 한 손에는 인식표를 꼭 붙들고 있다.

              우리

     우리

                 우리

정말 끝내준다. 나는 녀석들의 안으로 흘러들어간다.

둥글게, 둥글게. 바닷물이 내 이마를 어루만진다. 녀석들의 등무늬를, 배의 비늘을 바라보며 그 움직임에 나를 맡긴다. 뭍의 세계는 너무도 멀어 생각조차 나지 않는다. 엄마도 아빠도 학교도 패트릭도 생각하지 않는다. 그 어떤 것도 생각하지 않는다.

말랑이다

우리는 다시마 사이를 소용돌이치며 통과해 다시 대열을 엮는다.

우리

        우리

                우리

우리 안에 있다는 게 무척 좋다.

       둥글게

             가자

                 둥글게

          우리

나는 미친 사람처럼 히죽거린다. 부풀어오른 감자칩 봉지마냥 행복하다. 빵 터져버리면 안 되는데. 여기 말고는 그 어디에도 있고 싶지 않다. 절대. 우리는 흘러간다. 둥글게, 둥글게. 여기 아닌 다른 세상이 존재하기나 하던가? 모르겠다.

둥글게

가자

둥글게

우리

한 녀석이 내 발바닥에 붙은 요각류를 쳐서 떼어주자 웃음이 터진다.

둥글게, 둥글게.
물의 리듬이 머릿속을 비워준다.
깨끗이. 하얗게. 말끔히. 안도할 수 있게.
우리가 주는 안도감은 멋지다.
진심으로 멋지다. 물이 흐릿해진다.
인식표를 잡은 손이 풀린다.

팔이 둥둥 떠오른다. 부드럽고 자유롭게.

머리카락, 다리, 손과 발이 제멋대로 움직인다.

나는 모든 것을 놓아준다.

싫어

가느다란 빛 한줄기가 인식표에서 반사되어 내 눈으로 들어온다. 눈을 뜨고 보니 인식표가 두둥실 멀어져가고 있다. 손으로 얼른 낚아채고 고개를 흔들어 뇌를 깨운다.

패트릭을 생각한다. 해변에서 기다리고 있을 텐데. 나를.

시계의 조명 버튼을 누른다. 7시 3분. 여기 있은 지 두 시간 하고도 십이 분이 흘렀다.

돌아가야 한다.

그런데 머릿속이 뿌옇다. 그 말이 뭐였더라, 그 말이 뭐였더라? 아무것도 기억이 안 나. 공황상태에 빠지려던 찰나 인식표가 내 가슴에서 짤랑거린다. 그래 맞아, 인식표를 보라고,

멍청아.

"메갈라스." 내가 말하자 모두가 멈춘다. 쥐죽은듯이.

"갈게." 나는 수면을 가리킨다.

에에에에에에이이이이이, 녀석들이 일제히 말한다. 텔레비전 *끄*란 소리를 들은 어린애 같다. 소리가 어찌나 큰지 손으로 귀를 막아야 할 정도다.

녀석들의 몸이 내 쪽을 향한다.

싫어

갈게

싫어

녀석들이 떠나기 시작한다.

나는 더이상 우리 안에 있지 않다. 완전히, 온전히, 그 밖에 있다. 이젠 나 홀로 출렁이고 있다.

"미안해." 나는 말하려고 해본다.

싫어

갈게

싫어

모두가 합창한다. 밥이 몸을 돌려 나를 본다. 그러자 다른 녀석들이 밥의 옆구리를 콕콕 찔러 앞을 보게 한다.

"잠깐만." 손을 뻗어보지만 너무 늦었다. 저 회색빛 속으로 녀석들이 황급히 떠난다.

쾅!

무리가 급출발하며 일으킨 물결이 날 뒤로 밀어낸다. 배쪽이 가라앉는다. 무릎을 끌어안고 몸을 둥글게 만다. 폐가 죄어오자 나는 큰빛나를 향해 발을 찬다.

얼굴로 수면을 부수고 나가 공기를 들이마신다.

녀석들과 함께인가 아닌가.

아니구나.

주변을 둘러보며 지금 여기가 어디인지 좀 알아보려 한다.

데이비드 경이 말한다. "사하라 은색개미들조차 가능한 한 빨리 보금자리로 돌아가야 합니다. 죽음의 위험을 감수하지 않으려면 말이죠." 사하라 동부에 사는 은색개미들이 밖으로 나오는 건 다른 모든 것들이 죽어 쓰러지는 낮시간이다. 그러나 그들은 죽지 않는다. 오히려 태양을 보며 방향을 읽는다. 멈추고 꺾고 확인하고 계속 전진한다.

나는 해안을 바라본다. 수 킬로미터는 떨어져 있다. 바다는 고요하다. 해가 거의 져서 밝은 분홍빛 하늘이 되었다. 나는 숨을 내쉬며 겁먹지 않으려고 애쓴다. 한 번 또 한 번 차근차근 팔다리를 젓는다. 평영으로 물속에 들이갔다 나오실 스무 번까지 세고 나서 저쪽을 본다. 여전히 갈 길이 수 킬로미터다. 물결이 날 때리고 입안으로 들어간다.

가망이 없는 듯하다.

가망이 없다고 느낀다.

밥은 지금 어디에 있을까.

녀석이 그립다.

물이 검다.

잠시 수영을 멈춘다. 바들바들 떨리게 춥다.

몸에 지방질이 없을 때 고등어들은 어떻게 체온을 유지하더라. 녀석들은 체온을 유지하지 않는다, 그렇지 않던가. 냉혈동물이지 포유류가 아니니까. 녀석들과 나는 그 어떤 것도 동일한 방식으로 느끼지 않는다.

이쯤 되면 친구로는 고래가 더 나은 게 아닐까.

데이비드란 인간이 모래언덕을 넘어 화면 가까이로 다가와 말한다. "수영을 계속하셔야 할 것 같은데요."

그러나 나는 지금 쇼핑카트를 끄는 고래들이 아스다 슈퍼

마켓의 통로 전체를 차지하고 있는 모습을 상상하고 있다. 크릴새우가 한가득인 냉동고들을 사느라. 고래들이 쇼핑카트로 내 등을 떠밀기 시작한다. 저리 좀 비키라고 쿡쿡 쑤신다. 고래들을 떨쳐내버리려 애를 쓰지만 그런다고 사라지진 않을 거다. 나는 물결을 따라 떠내려가며 혼란스러운 꿈속으로 날아든다. 하얀 공간의 안으로 또 밖으로 떠가던 그때 돌에 엉덩이를 찧는다.

밑을 내려다보니 헤엄쳐 사라지는 밥의 모습이 보인다.

싫어

같게

싫어

밥은 투덜투덜 그렇게 읊기만 할 뿐 뒤돌아보지 않는다.

나는 눈을 들어 해안을 본다.

패트릭이 내 슈퍼마켓 쇼핑카트였다. 집으로 가라고 떠민 것도 쟤였다.

파도가 나를 밖으로 밀어내고 일으켜세운다. 나는 휘청휘청 해변을 향해 걸으며 정신을 추스르고 패트릭에게로 간다.

몸이 너무도 무겁게 느껴져 다리가 다 후들거린다. 패트릭이 『5초 안에 성공하는 로프 트릭』 책에서 눈을 든다. 그애의 헤드랜턴 빛이 내 눈을 쑤신다.

패트릭이 책을 덮는다. **탁.**

나는 펄쩍 뛴다.

"너희들 대체 어디 있었던 거야?"

"저기. 안에. 나도 몰라."

패트릭이 시계를 본다. "7시 47분. 너 거기 두 시간 오십육 분 동안 있었어."

"으으음." 입이 너무 차가워 제대로 움직이기도 힘든 그런 상태다.

"너 살이 파래." 패트릭이 말한다. 내가 그애 옆 모래 위에 그대로 쓰러지자 패트릭이 수건으로 팔을 문질러준다. 내가 자기 동생이라도 되는 양.

그러고선 무릎을 꿇고 내 눈꺼풀을 들어본다. "너무 오래 나가 있었나봐." 손을 들어 얼굴을 닦을 힘조차 없다. 패트릭이 내게 초콜릿 플래닛을 먹인다.

그렇게 얼마나 오래 있었는지는 모르겠다. 나는 시계를 확인해보지 않는다. 우리집까지 걸어서 돌아왔을 즈음엔 날이 완전히 저문다. 별들이 나와 있고 바람은 사라졌다.

"당분을 먹어." 뒷문 계단에서 패트릭이 말한다. "내일 올게. 알겠지." 가로등 아래 그애의 얼굴이 오렌지색이다. 나는 고개를 끄덕이고 안으로 들어가 위층으로 가서 침대 위에 그대로 쓰러져 수건을 덮고 잠든다. 이불 속으로 들어갈 여유가 생기는 건 그나마도 나중의 일이다.

침대 달팽이

월요일.

티처 트레이닝 데이.●

다시 이불 속으로.

랍스터 알람시계를 끄고 잠 속으로 돌아간다.

10시에 아빠가 무릎쟁반에 프렌치토스트를 담아 가져온다. 따뜻한 버터향이 계단을 타고 올라온다.

"게으른 침대 달팽이님, 먹이 배달이요." 아빠가 말하며 내 머리를 헝클어트린다. "어젯밤에 늦었더라." 아빠가 쟁반을

● 영국 학교의 교직원 훈련을 위한 휴교일.

내려놓고, 나는 일어나 앉는다.

"제가요? 우와, 토스트다."

"어디 갔었는데?"

"패트릭이랑 있었어요."

"난 패트릭이 누군지도 모르는데."

"집에 들른다고 했어요."

"언제?"

"나중에요."

"다시는 그러지 말아라, 알겠니." 아빠가 숨을 내쉰다.

"네, 죄송해요."

가루통에 시나몬과 설탕을 넣고 뿌린다. 나는 야자나무, 아빠는 하트 모양을 쓴다. 토스트 위에 대고 통을 흔들면 그 아래에 완벽한 모양이 남는다. 뭐, 손을 떨지 않는다면 그럴 거란 얘기다. 내 건 완벽한 엉망진창이다.

"괜찮은 거니?" 내 설탕 얼룩들을 보며 아빠가 묻는다.

"네, 괜찮아요." 그렇게 대답하며 토스트를 입에 욱여넣는다. 아빠의 눈썹 하나가 위로 들린다.

아빠와 토스트를 각각 두 개씩 먹은 후 부엌으로 내려가 나는 다섯 개를 더 먹는다. 그리고 계란이 떨어져서 쇼핑을 하러 간다. 차가 없으니 걸어야 한다. 나는 검은색 핸드카트를 맡는다. 핑크 플라밍고 핸드카트는 끌지 않는다. 어림없다.

돌아오는 길에 비하면 가는 길은 훨씬 수월한 거였다. 태양이 지글지글 끓고 팔은 아프다. 콩을 그렇게 많이 사지 말걸. 롱카 레인 근처 벽에 기대앉아 자이브 초코바를 먹는다. 벽돌이 빨아들인 열기가 그대로 느껴진다.

내 초코바를 반으로 쪼개 송곳니를 만든다.

"멋진데." 아빠는 초코바를 콧구멍에 꽂는다.

"그건 뭔데요?"

"몰라."

"혹 멧돼지?" 머릿속 정보를 주욱 탐색해본다. "멧돼지?"

"왕코괴물." 아빠가 말하며 포효하고 나는 웃는다.

"그거 먹을 거예요?" 코에서 초코바를 꺼내는 아빠를 지켜본다.

"당연하지." 그러고선 하나를 입에 넣는다. "으으음, 짜다."

아빠는 코에 묻은 초콜릿을 손으로 닦고 다시 그 손을 바지에 닦는다. "오후에 '메르츠 벽' 작업 좀 해볼래?" 그걸 하지 않은 지도 백만 년이다. 나는 아빠를 보며 미소 짓는다. "그럼 집까지 가는 동안 두 눈 부릅뜨고 살피라고." 아빠가 일어나 돌아본다. "달리기 시합!" 그러고는 길 아래로 달음박질친다. 아빠의 쇼핑백이 날아오르고 핑크 플라밍고 핸드카트가 보도 위에서 날뛴다. 나도 달릴 수 있으면 얼마나 좋을까. 양팔이 꼭 납덩이 같다.

반은 가우디
반은 쿠르트

아빠가 우리집 뒤뜰에 메르츠 벽을 만들기 시작한 건 쿠르트 슈비터스라는 예술가 때문이다.[•] 독일인인 그는 영국 북서부의 레이크 디스트릭트로 이주해 살면서 온갖 물건들을 벽에 붙여 예술작품을 만들었다. 사실 그가 살아 있는 동안엔 아무도 그의 작품을 좋아하지 않았다. 이런 일이 예술가들에겐 많이 일어난다고 아빠가 얘기해주었다. 그럼 그런 일이 아빠에게도 일어나는 걸까.

아빠는 우리 벽이 반은 가우디, 반은 쿠르트라고 말한다.

• 쿠르트 슈비터스는 잡동사니로 만든 자신의 연작에 '메르츠'라는 이름을 붙였다.

우리는 물건을 모아서 시멘트와 뾰족한 모종삽을 이용해 벽에 붙인다. 때로는 생일을 맞이해 붙이는 것처럼 어떤 의미가 있는 물건들이기도 하고, 때로는 그저 예쁘거나 흥미롭거나, 뭐 그런 것들이기도 하다. 패턴을 만들 때도 있는데, 우리가 갖고 있는 게 무엇이건 시멘트에 찍었다가 다시 떼어내는 거다. 조개, 양치식물, 단추 뭐 그런 것들. 매년 손바닥도 찍어둔다. 일곱 살 때 코를 찍어보려 한 적이 있었는데 잘되지 않았다.

아빠가 사온 것들을 정리하는 사이에 나는 싱크대에 손을 넣는다. 물이 넘치는 모습을 관찰한다. 문에서 노크 소리가 들린다.

"제가 나갈게요." 아빠가 입을 열기 전에 얼른 먼저 말한다. 뱀상어 티셔츠 앞면에 손을 문질러 닦고 문을 연다.

"안녕." 패트릭이다. 우리는 잠시 거기에 그냥 서 있는다.

내 뒤에서 아빠가 쑤욱 나온다. "안녕하신가." 그러면서 내 어깨 너머로 손을 흔든다. 우리는 부엌으로 들어간다. 컵 세 개에 콜라를 따르고 얼음을 떼서 넣는다. 셋이서 잔을 마주쳐 건배한다. 컵 바깥에 김이 서리는 게 마음에 든다. 거기에 내 이름을 써넣는다. 패트릭은 자기 컵에 물고기를 그리고 옆에 물음표를 쓴다.

"그래서, 무슨 일이 있었는데?" 패트릭이 속삭인다.

"나중에." 나도 속삭인다.

"우리 메르츠 벽 작업을 할까 하는데." 아빠 귀에 들리도록 일부러 목소리를 높인다.

"멋지다." 패트릭이 말하고는 어깨를 으쓱한다. "그게 뭔데?"

메르츠 벽 만들기

아까 집에 오는 길에 안전핀, 콧수염 모양 막대기, 하얀 조약돌, 목걸이에서 떨어져나온 조그마한 은색 하트를 찾았다. 밖으로 나가 시멘트를 섞는다. 준비물 일부는 창고에서 가져온다. 창고 안은 어두워서 눈이 적응하고 앞이 보이기까지 잠시 그대로 서 있어야 한다. 모든 것이 거미줄에 덮여 있다. 먼지들이 날아올라 문틈으로 들어오는 빛 속에서 반짝인다. 나는 타일 절단기를 챙기고 낡은 접시 몇 개를 고른 뒤 티셔츠에 접시들을 문질러 닦는다. 하나에는 분홍색 꽃장식이 되어 있고 다른 것에는 여왕님의 옛날 사진, 그녀가 정말로 어렸을 때 사진이 찍혀 있다. 타일도 몇 개 골라 반짝반짝 초록색으로, 빨간색으로, 눈부신 파란색으로 빛날 때까지 닦는다. 그리고 벽 쪽에 세 무더기로 쌓은 다음 자석 달린 경량 망치를 써서 깨트린다.

아빠는 사과나무 옆에서 작업중이다. 나는 반대쪽 끝에서 빈 공간을 찾아낸다. 패트릭은 그 옆, 장군풀이 있는 쪽을 맡는다. 시작하기 전, 나는 옛날에 만들어둔 부분들을 손가락으로 따라가본다. 저마다의 부분들이 그것을 붙였던 그날, 그 이유를 회상하게 한다. 꼭 타임머신 같다.

제이디가 붙인 것들을 살펴본다. 백만 년 전에. 미키마우스 자동차. 플라스틱 소방관 인형. 파이 속에 빠진 그애의 젖니.

아빠가 〈아랑후에스 협주곡〉을 틀고 창문을 열어 밖에 있는 우리에게도 들리게 한다.

"난 뭘 해?" 패트릭이 묻는다.

"그냥 만들어."

"뭐, 동물 모양이나 그런 거?"

"뭐, 아무거나." 나는 한 손을 들어 눈으로 들어오는 햇빛을 가린다. "상관없어. 뭐든 하고 싶은 대로 그냥 해."

"규칙이 없다는 게 규칙이야." 아빠가 말하며 패트릭에게 수건을 던져준다. 나는 그애에게 경량 망치로 타일을 조각내는 방법을 알려준다.

작업하는 동안에는 서로 얘기하지 않는다. 시멘트를 긁어내고 붙일 뿐이다. 우리 머릿속에서 온갖 무늬들이 줄줄 흘러나온다. 가끔은 뒤로 물러서서 그냥 바라본다. 우리가 지금 작업하고 있는 부분이 나머지 전체와 어떻게 어우러지는지 확인한다. 마치 카메라가 클로즈업에서 와이드앵글로 전환되는 것처럼. 데이비드 경이 강에서 양말을 빼는 오랑우탄 한 마리를 지켜보며 말한다. "모방할 줄 아는 능력, 그리고 도구를 사용할 수 있는 능력이 세계의 대전환으로 우리를 이끌었습니다."

시멘트는 빨리도 마른다. 나는 머리 위로, 등 아래로 계속 물을 뿌려야만 한다. 손이 더러워진다. 패트릭도 그렇고, 아빠도 그렇다. 우리는 장갑을 끼지 않는다. 손가락 관절마다 회색빛으로 갈라진 주름을 보며 그게 내 피부 위에서 바짝 조여드는 걸 느낀다.

5시, 레모네이드와 치즈 피클 샌드위치를 먹으며 휴식한다. 우리에서 확 깨어나 나온 것 같은 기분이다.

"잘했는데." 아빠가 말하며 패트릭의 등을 찰싹 친다.

"감사합니다." 패트릭이 벽을 응시하며 고개를 끄덕인다. 진심으로 자랑스러운 모양이다.

다시 작업으로 돌아가 어스름이 내릴 때까지 계속한다. 나방 한 마리가 윙윙거리며 얼굴을 스쳐간다. 도대체 자기들의 공간이 어디인지를 결코 모른다, 나방 녀석들은. 딸깍 켜지는 정원 조명에 우리는 전부 펄쩍 뛴다.

"할 만큼 했어?" 아빠가 묻는다.

내가 쳐다보자 패트릭이 고개를 끄덕인다. "네." 대답은 내가 한다.

"잘했다, 파트너." 아빠가 하워드 아저씨 식으로 손가락 축포를 쏜다.

나는 쓰고 남은 타일 조각들을 주워든다. 깨진 가장자리가 피부를 긁는다. 회색빛 위를 달리는 한줄기 빨강.

패트릭이 창고까지 따라온다.

"엄마는 어디 계셔?"

"쉬는 중." 그애에게서 등을 돌린다. 내 몸이 이 대화만큼은 완벽히 차단해줬으면 싶다. 선반에 타일을 쌓는다.

"너네 아빠, 진짜 멋져." 패트릭이 말한다. "우리 아빠는 저런 거 절대 시켜주지 않을걸."

그애의 크고 우아한 집을, 새 차를 떠올린다. "너네 아빠는 돈이 많잖아, 그래도."

"그래서?"

"그래서? 그냥 그렇다고."

패트릭이 타일들을 건네준다. "그래서 무슨 일이 있었는데?"

"언제?"

"이게 진짜!"

아빠가 문 뒤에서 고개를 쏘옥 내민다. "아이스크림?" 나이스 타이밍.

맞은편 풀밭에 앉아 벽에 기댄 채 우리의 작품을 쳐다본다. 나와 패트릭은 민트맛 콘을 먹고, 아빠는 맥주를 한 병 마신다. 고리 달린 따개로 맥주 뚜껑을 열 때 딱, 쉬이익, 하는 그 소리가 좋다. 그뒤에 따라오는 냄새는 싫지만.

"그 하트는 어디에 붙였어?" 아빠가 묻는다.

"저기요." 내가 보라색 석영 옆을 가리킨다.

"멋지네."

우리는 거기 앉아 각다귀, 가루이, 그새 더 몰려온 나방을 본다. 나방은 많기도 정말 많다. 16만 종이나 된다. 데이비드 경이 말한다. "해골박각시나방은 지중해를 건널 때 북향을 유지하기 위해 달을 이용합니다." 데이비드 경이 말하는 나방이 아프리카를 횡단하고 히말라야를 넘어 어느 벌집으로 들어간다. "이제 이 굶주린 여행자들은 이곳에서 기력을 회복한 후 알을 낳을 감자줄기들을 찾아다닙니다." 나방이 꿀에 혓바닥을 꽂아넣는다.

나는 민트맛 아이스크림을 핥는다.

우리는 쭉 늘어선 뜨거운 몸들, 벽에 기대어 따뜻하고, 서로에게 기대어 따뜻하다. 아빠가 내 어깨에 팔을 두른다. 가슴께에 아빠의 손가락이 느껴진다. 손가락들은 더이상 파르르 떨리지 않는다.

"빌리가 저기 첫번째 걸 찍었을 때," 아빠가 아기 손바닥 자국을 가리킨다. "눈이 빠지도록 울었다지, 그렇지 않나?"

"그때 뭐 한 살, 그쯤밖에 안 됐잖아요."

"손을 완전히 씻어주기 전까진 울음을 그치지 않을 태세였다니까." 아빠가 내 손목을 잡아든다. "이것 좀 봐, 이제. 삽처럼 단단한 손이라니." 아빠 손 옆에서 내 손은 여전히 작아 보이기만 하는데. "화장실 간다." 아빠가 일어선다. "좀 이따 보자고들." 그렇게 말하고 안으로 들어간다. 아빠가 가버리면 늘 매우 조용한 느낌이 든다.

"네 초록색 부분 좋다." 내가 말한다.

"감사."

"꼭 미로처럼 보여."

"그래?"

"응, 통로가 엄청 많은 것처럼 보여." 고개를 기울여 패트릭이 만들어둔 모양을 들여다본다. "탈출구는 없어."

"오." 패트릭이 콘 아래를 씹어 먹는다. "맞아. 네 건 꼭 입처럼 보여." 내가 만든 하얀색 부분을 가리키며 말한다. 달빛 속에서 은색으로 보인다. "이빨이 있는."

"난 랍스터라고 만든 건데."

"그래서?" 패트릭이 갑자기 훅 들어온다. "무슨 일이 있었는데?"

나는 숨을 들이마신다. "이상한 일. 이상한 일이 일어났어." 티셔츠 밑에서 나를 쿡쿡 찌르는 인식표의 감촉을 느낀다. "녀석이 돌아왔어."

"밥이?"

"응."

"그리고?"

"그리고 내가 말했지."

"케즈?"

어떤 단어를 너무 많이 말하다보면 그게 더이상 이치에 맞지 않는 말처럼 느껴진다. 그러다 원래부터 이치에 맞지 않는 말이었다고 생각하게 되고. "그리고 녀석이 날 멀리 데려갔어. 우리에게로. 그리고 더 깊이 내려갔고, 그게 너무 좋았어. 그리고 우리는 둥글게 둥글게 돌면서, 그러니까 그게 어떤 느낌이냐면······ 너도 알지······"

"모르지. 비非수영인으로서 그게 무슨 느낌인지 난 절대 모르지."

"편해. 그 무엇에 대해서도 더이상 생각할 필요가 없는 것처럼······" 나는 풀줄기들을 딥식 집는다. "모든 게 다 멀리 있는 것처럼."

"아." 패트릭은 웃지 않는다. 내가 한 말에 대해 정말로 깊이 생각하는 듯 고개를 끄덕이고만 있다. 그리고 난 생각한다. 패트릭은 아마도 내가 이런 얘기를 털어놓을 수 있는 세상 유일한 사람일 것이며, 또 그 말을 믿어줄 유일한 사람일 것이라고.

왜?

월요일. 과학 시간에 존스 선생님이 칠판에 파란색과 빨간색으로 하루살이의 생애주기 도표를 그린다. 우리는 그걸 책에 그대로 베낀다. 알, 유충, 아성충, 성충, 스펜트 스피너. 이걸 왜 하는 건지, 그냥 사진을 붙이면 안 되는 건지 모르겠다. 그러면 훨씬 쉬울 텐데.

벤 니콜슨이 연필을 깎는 사이에 그애의 그림을 본다. 벤은 오 초 간격으로 연필을 깎는다. 그애의 성충은 완벽하다. 그애가 나를 보더니 한 팔로 그림을 가린다. 내 걸 내려다본다. 몸에 비해 머리가 너무 크고 다리는 말하자면 절름발이다. 그냥 지워버릴까 생각도 하지만 그러지 않는다. 무릎마다 짧은

털들을 그려넣는다.

　제이미가 쓰레기통 부근에 왔다가 내게 부딪친다. 연필이 빗나가며 책장 위를 쫙 그어버린다. "아우우 미안, 친구, 미안." 그애가 말한다. "발을 헛디뎠지 뭐야."

　어긋난 선이 내 아성충의 머리를 그대로 관통한다. 오스카가 웃음을 터트린다. "자리에 앉아." 존스 선생님이 소리치며 비어 있는 제이미의 의자를 가리킨다. 벤이 자신의 지우개 모음 중 하나를 쓰도록 해준다.

　하마 등에 올라타 갈라진 피부 틈 속 진드기를 청소해주는 소등쪼기새를 떠올린다. 하마가 늪지대를 헤치며 나아가는 동안에도 소등쪼기새는 떨어지지 않고 버틴다. 데이비드 경이 속삭인다. "그들의 발가락 중 두 개는 앞을, 두 개는 뒤를 향하고 있어 어떤 각도에서든, 심지어는 미끌미끌한 하마의 등에 매달린 채로도 버틸 수 있습니다." 소등쪼기새는 얼룩말의 귀지, 기린의 비듬을 제거해주러 출동하기도 한다. "새와 다른 동물들 간의 이러한 동반자 관계는 서로에게 매우 이로운 일이 되어왔죠."

　나는 벤에게서 지우개를 받고 고맙다는 의미로 고개를 끄덕인다. 내 심정을 이해한다는 듯한 벤의 눈썹.

　내 아성충을 보며 그저 딱 하루만 사는 것도 꽤 괜찮은 일이라고 생각한다. 그 하루가 나쁜 날이 아니기만 한다면. 만약 그 하루가 좋은 날이라면, 그것만으로도 꽤 많은 문제들이 해결될 텐데. 하루 안에 할 수 있는 최고의 일들을 모조리 떠올려본다. 물론 혼자서 할 수밖에 없겠지. 친구를 빨리 만드는 사람이 아닌 바에야. 나는 그런 사람이 아니고.

생애주기 도표에 따르면 하루살이가 하는 건 날기, 먹기, 짝짓기가 전부다. 나는 저쪽의 제이디를 쳐다본다. 내게서 책상 두 개가 떨어진 곳, 세라 콜린스 옆에 앉아 있다. 둘이 똑같은 자주색 필통을 가지고 있다. 제이디가 창밖을 응시하며, 무언가에 미소를 짓는다. 그게 뭔지는 보이지 않는다. 제이디는 하루살이 알에 하늘색으로 그림자를 넣었다. 매우 3D스럽다.

여전히 지우개질을 하고 있는 사이에 종이 울린다. 오스카는 존스 선생님이 보고 있을 땐 날 위해 출입문을 잡아주는 척하더니 선생님이 눈을 돌리자 내 얼굴에 대고 문을 닫아버린다.

복도로 나가니 제이미가 벤의 가방에서 체육복 바지를 꺼내고 있다. 그 바지를 오스카에게 던지고 오스카가 받아 다시 던진다. "잡아!" 제이미가 내 얼굴을 겨냥해 바지를 던진다. 바지를 잡아 벤에게 넘겨주려 하지만 오스카가 가로챈다. 그걸 아치에게 던지고, 아치는 다시 제이미에게 던진다. 제이미는 그걸 복도의 다른 아이들에게 던진다. 이런 식으로 다섯 번이나 더 왔다갔다한다. 이 일당들에, 우리라 묶인 사람들에 가담하지 않기엔 모두가 너무 겁을 먹었다. 혼자 튀려고 하지 않을 것이다. 제이미는 그애들을 그저 빤히 바라볼 뿐이다. 내가 하는 대로 해. 그렇지 않으면 다음은 너야. 그 누구도 입 밖에 꺼내지 않지만 모두가 알고 있다. 나는 아귀를 생각한다. 얼굴 앞에 달랑달랑 달고 다니는 밝은 초롱을 생각한다. 그 뒤에 숨어 있는 거대한 이빨을. 가까이 다가오는 건 뭐든 덩어리째 크게 물어뜯고 말 그 이빨을.

벤은 그저 벽에 기댄 채 기다린다.

제이미가 벤을 지나쳐 화장실에 들어갔다 나와서는 내 체육복 가방에 코를 푼다. 오스카와 아치가 웃는다. 나머지 모두는 그냥 눈길을 돌린다.

화장실로 들어가 세면대에서 가방을 씻는다. 벤은 변기에서 바지를 낚아올린다. 나는 바닥을 보며 제이미를 덩어리째 물어뜯는 상상을 한다.

문 뒤에서 커티스 선생님이 빠끔히 고개를 내민다. "너희들 괜찮니?" 벤과 나는 서로를 한 번 쳐다보고 선생님을 향해 고개를 끄덕인다. 저쪽 모퉁이 뒤에서 제이미의 웃음소리가 들린다. "거기!" 커티스 선생님이 소리치고는 문이 쾅 닫힌다.

나는 가방을 손 건조기 아래에 기대어 두고 밖으로 나간다. '추락의 벽'으로. 패트릭이 셰리와 얘기하고 있다. 그러다 내가 도착하자 셰리가 떠난다. "쟤는 여기서 뭐하는 거야?"

"대화." 패트릭이 어깨를 으쓱한다.

"우리만의 장소에서?"

"그냥 장소일 뿐이야. 누구든 올 수 있어." 패트릭이 다른 사람과 여기 오는 모습을 생각한다. 내가 아닌 다른 사람과. 땅이 움직이는 것만 같다.

"쟤는 항상 우릴 비웃잖아." 내가 말한다. "베키랑 같이."

"아니, 그렇지 않아." 패트릭의 고개가 한쪽으로 기운다. "뭔가 다른 게 웃겨서 그런 걸 거야."

"다른 거 뭐?"

"그걸 내가 어떻게 알아?"

"이거 가져왔어." 나는 책가방에서 당근 하나를 꺼낸다. "마술에 쓰라고."

패트릭이 손안에서 당근을 돌려보다가 한쪽 끝에 내가 그려둔 겁먹은 당근 얼굴을 본다. "멋지다." 그러고는 미소 짓는다. 들판의 저 먼 끝에 있는 밤나무로 패트릭을 데려간다. 거기에는 아무도 가지 않는다. 누군가가 주머니칼로 나무 몸통에 **레이비스**RABIES•라고 파놓은 후론. 멜리사 하디가 모험

삼아 거기에 손을 댔다가 대상포진에 걸려 일주일이나 결석했다. 이제는 모두가 그렇게 생각한다. 그 나무는 저주를 받았다고. 그 나무가 우릴 병들게 한다고.

내가 이 얘기를 해주는 사이, 마로니에 열매를 따던 패트릭이 어쩌다 강철 손가락으로 나무를 건드릴 뻔한다. 그러고는 그냥 웃더니 나무를 쑤시려 한다.

"하지 마." 그애의 손을 잡아당긴다. 혹시 모르니까.

우리는 나무 밑에 떨어진 너도밤나무 열매와 잡동사니들로 손가락 튕기기 선수권 대회를 개최한다. 한 라운드에 세 번씩 튕기는 방식으로 진행된다. 나는 짧은 막대기와 너도밤나무 열매 껍데기에 강하다. 패트릭은 삭은 마로니에 열매 껍데기 전문이다. 마로니에 열매 껍데기는 갈색에, 전에는 매끈하고 하얬을 안쪽이 쭈글쭈글하다. 내가 마로니에 열매 껍데기를 튕겨본다. 한 2센티미터 나간다. 패트릭이 비웃으며 막대기 하나를 튕긴다. 그러나 불발되며 그애의 눈을 냅다 때린다.

내 두번째 샷은 첫번째로 튕겼던 마로니에 열매 껍데기에 막혀 멈추고 말지만 세번째는 수 킬로미터를 날아간다. 그리

● 광견병.

212

고 셰리를 때린다. 셰리가 그걸 집어 우리에게 던지면서 소리친다. "또라이들이 또라이 짓 하고 있네." 그게 그 라운드의 우승 샷이 되고 우리는 다시 총알을 확보한다.

호주머니가 불룩해질 때까지 쑤셔넣는다. "그래서 어떡할 거야?" 패트릭이 묻는다.

"뭘?"

그애가 물고기 입을 만들고 볼에 바람을 잔뜩 넣는다.

"모르겠어." 손안에서 너도밤나무 열매를 빙글 돌린다.

"다시 들어갈 생각이야?"

"아마도." 막대기 하나를 집어 껍데기를 벗긴다. "상황을 봐서."

"내가 궁금한 건 개네들이 원하는 게 뭐냐는 거야. 그 물고기들 말이야. 애초에 널 고른 이유가 대체 뭘까?"

내가 으쓱한다. "난 '물고기 소년'이잖아." 나무를 올려다본다. "나도 녀석들 중 하나야."

우리 둘 다 마로니에 열매를 만지작거린다.

"빌리."

"왜?"

"뭐 하나 물어봐도 돼?"

내가 으쓱한다. "물어보셔."

"질문이냐, 막대기냐?"• 패트릭이 특유의 당나귀 웃음을 웃는다. "너희 엄마." 그리고는 자신이 주운 가장 좋은 총알 세 개를 한 줄로 늘어놓는다. "무슨 문제 있으셔?"

"아니."

"잠을 많이 주무시더라."

"그런 거 아냐." 얼굴이 점점 뜨거워지는 걸 느낀다. 이 대화를 메갈라스 하고 싶다. 빨리. "넌 우리 엄마에 대해서 아무것도 몰라."

"그래." 패트릭이 클립을 튕겨 장거리를 기록한다. "멋진 분 같아 보여."

"우리 엄만 멋진 정도가 아냐." 나는 엎드려서 조준한다. "최고지." 그리고 완벽하게 튕겨 보낸다.

"굿 샷." 패트릭이 말하며 자기 총알을 장전한다.

그리고 내 손을 본다. "빌리."

"응."

"너 총알 다 된 것 같다." 그 말에 내 손가락을 내려다본다. 그저 허공만 튕기고 있는 손가락을.

• 진실을 말하지 않으면 벌칙을 받는 놀이 '트루스 오어 데어'(Truth or Dare)의 변형.

언제

집에 돌아와 탭댄스 추는 거위 밑에서 열쇠를 꺼내 (아빠는 열쇠 사냥 장소들을 바꿔두길 좋아한다) 안으로 들어간다. 과자 상자에서 치즈볼 봉지 묶음을 챙기고 텔레비전을 본다. 엄마는 내려오지 않는다. 나는 밥을 떠올린다. 녀석은 날 기다리고 있을까. 부엌시계에서 새가 지저귀는 것도 나는 눈치채지 못한다.

현관문이 쾅 닫힌다. 그리고 아빠의 발소리가 위층으로 올라갔다가 다시 내려온다. 아빠가 문을 연다. "아니, 이런. 빌리, 이게 다 뭐야?" 그러면서 카펫을 보고 있다. 온통 먹고 버린 치즈볼 봉지다. 데이비드 경이 말한다. "새매는 매우 빠르고 낮게 날며 제물을 기습적으로 낚아챕니다."

내가 아빠를 올려다본다. "네?"

"이건 뭐……" 아빠가 손으로 머리카락을 넘긴다. "치우
도록 해, 알겠니."

나는 손가락에 묻은 오렌지를 핥은 뒤 바닥에 떨어져 있는
봉지들을 줍는다. 혀로 핥았던 부분들이 찐득찐득해 좀 들러
붙는다. 봉지들을 쓰레기통에 넣다가 손에 콩즙이 묻는다. 핥
아먹는다.

맛나?
맛나 아니야
아니야
아니야

헛바닥을 쏘옥 내밀어 싱크대에 담근다.

아빠가 라디오를 켠다. 예산 삭감에 대해 뭐라고들 한다.
"잘났다." 아빠는 눈을 치뜨더니 다시 라디오를 끈다. "콩 먹
을래?" 그러면서 콩 통조림을 꺼낸다.

"우리 피시 앤드 칩스나 뭐 그런 거 먹으면 안 돼요?"

"내 건 갈릭 난과 버섯 필라프를 곁들인 버터 치킨으로."

216

"정말요?"

"그랬으면 좋겠다고." 아빠가 깡통따개를 찾느라 서랍 안을 달그락거린다. 나는 따개를 빙글빙글 돌려가며 깡통을 여는 모습을 지켜본다. 통조림 위쪽에서 작은 종이 한 줄이 벗겨져나온다.

"엄마는 언제 내려와요?"

"안 내려와."

"네? 왜요? 엄마가 괜찮아지고 있다고 생각했는데요."

아빠가 뭘 어쩌겠냐는 듯 양손을 들며 말한다. "전 그냥 말씀을 전한 것뿐인데요. 아마도 나중에, 음." 그러고는 프라이팬에 콩을 붓는다.

내가 위층으로, 안방으로 간다. 엄마는 이불을 덮어쓰고 있어 얼굴이 보이지 않는다. "엄마가 안 내려올 거라고 아빠가 말해서요." 침대에 걸터앉는다.

"으으음." 엄마가 이불을 더 위로 당긴다. "오늘은 안 되겠어. 빌리." 작디작은 목소리다.

"왜요?"

"그럴 기분이 아니야." 엄마는 이불을 머리끝까지 당겨쓴다.

이불이 떨리는 게 느껴져 나는 저 위쪽으로 해서 슬그머니 안을 들여다본다. 어릴 때 그 안에서 두더지 놀이를 하곤 했던 우리의 모습이 떠오른다. 그때의 느낌. 모든 것으로부터 동떨어진 채 세상의 중심에 있는 것만 같았던 그 느낌이. 울고 있는 엄마를 본다. 어떻게 해야 할지 모르겠다. 그저 엄마의 등을 쓰다듬는다. 매퀸 선생님의 마사지 수업에서 배운 것처럼. 종교 수업 전에 서로의 어깨를 주물러줄 때처럼.

"너무 지쳤어." 엄마가 나지막이 중얼거린다. "맨날 지치는 것도 이젠 지쳐." 그러고는 손등으로 코를 훔친다.

차를 담은 머그잔을 들고 아빠가 들어온다. "여보." 잔을 내려놓고 침대 위로 올라가 엄마의 머리를 가슴에 품어준다. "괜찮아. 다 괜찮아질 거야."

"언제?" 엄마가 묻는다. "그게 대체 언젠데?"

아빠가 깊고 긴 한숨을 내쉰다. "얼마가 걸리든." 그러면서 말한다. "어쨌든 우리가 항상 곁에 있을 거야, 그렇지, 빌리." 아빠가 내게 눈을 찡긋한다. "우리가 항상 곁에 있어, 항상." 아빠가 다른 쪽 팔을 내게 두르고, 나는 양팔을 엄마에게 두르고 엄마의 어깨에 고개를 묻은 채 눕는다. "그러니까 당신은 우릴 못 벗어나. 쪼글쪼글해질 때까지."

"완전 쪼글쪼글할 때까지요."

"그렇지. 건포도처럼."

"도그 드 보르도처럼요." 내가 말한다.

"도그 뭐?"

"개요. 크고 쪼글쪼글한 개." 아빠 엄마가 늙어간다고, 내가 늙어간다고 생각해본다. 너무도 이상하다.

"그렇지. 쪼글쪼글한 프렌치불도그처럼." 아빠가 엄마의 귀를 쓰다듬는다. "하지만 귀는 없고."

"귀는 큼지막하니 축 늘어진 게 좋은데." 엄마가 말하며 미소 짓는다.

"좋아, 그렇다면, 성형수술 적금을 들자고. 귀 이식하게."

"그 셰퍼드 기억나? 브룩 힐에." 엄마가 말한다. "항상 대문을 보고 짖어대던 그 개."

"미소." 내가 대답한다. "미소 앵그리. 일본 도사견이었죠." 미소 앵그리는 아빠가 지어준 별명이다. 아빠도 미소를 보고 똑같이 짖어주곤 했는데 그러면 미소는 입을 다물고 도망치기 일쑤였다.

"지금쯤 블랙베리가 열릴 텐데." 엄마가 한숨을 쉰다. "그 길을 걷는 게 정말 좋았어." 그리고 베개에 다시 머리를 누인다. "계속 이런 식으로 살 순 없어." 정말로 조용한 목소리다.

"검사 결과가 나오면, 우리가 상대하고 있는 게 무언지 알고 나면 나아질 거야." 아빠가 말한다.

나는 버뮤다 삼각지대를 생각한다. 이름을 붙이는 게 아무런 도움이 되지 않았다는 걸, 그래봤자 아무것도 달라지지 않았다는 걸. 이름을 붙여주겠다는 생각이 오히려 그걸 영원히 붙잡아둘 것 같은, 영원히 거기 있게 만들 것 같은 기분이 든다. 나는 그게 그냥 사라지길 바란다. 가버려. 마음속으로 소리친다. 엄마를 그냥 내버려둬. 그게 마치 생각만으로 밀어낼 수 있는 무언가라도 된다는 듯이.

내 얼굴이 일그러진다.

"괜찮니?" 엄마가 말하며 내 머리를 쓰다듬는다.

"네." 나는 손등으로 눈가를 닦는다. 그리고 우리는 모두 거기에 누워 있다. 크고 축축한 더미를 이루며, 장님두더지쥐들처럼, 구멍 속 크고 따뜻한 쥐들의 더미처럼.

DC-3형 여객기
NC-16002호, 1948년

1948년 12월 28일, 로버트 린드퀴스트 기장이 조종하는 NC-16002호가 푸에르토리코의 산후안을 출발해 플로리다주 마이애미로 향하고 있었다.

목적지까지 24킬로미터 남은 지점에서 로버트 린드퀴스트 기장이 마이애미 관제탑에 무전을 보낸다. 그는 착륙 지시를 요청했다. 마이애미 관제탑은 지시사항을 전달했다. 그러나 회신이 없었다. 기록을 보면 당시 교신상 문제는 없었고 날씨는 맑았다. NC-16002호는 끝내 마이애미에 닿지 못했고 그들로부터의 교신도 다시는 없었다.

깜짝 선물

다음날 집에 돌아오니 엄마의 눈에 생기가 가득하다. 엄마의 절친 레슬리 이모가 화장실에서 나오는데 손이 학교 화장실 칸막이 색깔이다.

"어떤 것 같아?" 엄마가 머리카락을 어깨 너머로 쓱 넘긴다.

"멋져요." 고개를 이쪽저쪽으로 기울이며 내가 대답한다.

"별밤의 블루블랙." 레슬리 이모가 난간 너머로 소리치며 새까만 손가락을 빙빙 돌린다. 그렇게 아래층으로 내려와 그릇 두 개에 토마토 수프를 붓고 코트를 입는다.

"좀 앉았다 가지?" 엄마가 말한다.

"아니. 손톱 손질용 브러시랑 데이트가 있어서요." 레슬리 이모가 엄마를 안아주고 손을 흔들며 떠난다. 나는 수프를 휘젓는다. 파란색 조각이 떠 있지는 않은지 확인하며. 휴지를 가져다 그릇 옆에 묻은 엄지 지문을 닦아낸다.

"아빠 일찍 퇴근한대." 엄마가 수프를 저으며 말한다. "깜짝 선물 가지고."

"깜짝 선물? 뭔데요?"

"전혀 몰라." 엄마가 자리에서 일어나 이번에는 타지 않은 토스트에 버터를 바른다. 가만 보니 탁자 위 스케치북에 그림을 그리고 있었던 모양이다. 엄마가 날 보고는 스케치북을 홱 덮는다. "요즘 연습을 통 못했어." 그렇게 말하며 얼굴을 찡그린다.

내가 스케치북을 다시 펴든다. "좋은데요, 뭘." 바다갈매기가 좀 찌그러지긴 했지만, 산에 비해서 크기가 너무 크지만, 그래도 그렇게 말한다.

"어쨌든 고맙." 엄마가 말하며 내 머리를 헝클어뜨린다. 나는 깜짝 선물이 될 만한 것들을 죄다 떠올려본다. 강아지? 자동차? 닭고기 볶음면?

열쇳구멍에 열쇠 꽂히는 소리가 들리더니 아빠가 경쾌한 발걸음으로 들어온다.

"뭔데요?" 수프 그릇에 숟가락을 내려놓자 손잡이가 미끄러져 빠지고 만다. 서둘러 나가 아빠가 뭘 가져왔나 본다. 아무것도 없는데.

"그것이 무엇이더냐, 해결책이로다. 그것이 무엇이더냐, 움직임, 자유, 저 거친 창공 너머로 다시 우리 모두를 이끌 바로 그것이더라."

"새 차?" 내가 말한다.

"휴가?" 엄마가 말한다.

"더 좋은 거." 아빠는 코 옆을 탁탁 두드리고는 그 이상 도무지 말을 않는다. 심지어 겨드랑이의 취약 지점을 간질럼 태워도 입을 열지 않는다. 그저 날 소파 위에 던진 다음 전기톱 팔로 드드드 썰다가 내가 "한 번만 봐줘요"라고 외치자 겨우 풀어준다. 초인종이 울리고 우리는 벌떡 일어선다.

"내가 갈게!" 아빠가 소리치며 뛰어나간다. 하얀색 셔츠를 입은 누군가가 서 있는데, 니나라는 이름 아래에 커다란 빨간색 십자가가 새겨진 배지를 달고 있다.

"시엘 씨." 니나가 말한다.

"아 그거 그 영감탱이인데." 아빠가 말한다.

"네?"

"맞아요." 엄마가 말한다. "맞다고 말하는 거예요. 시엘 맞아요."

"주문하신 물건 가져왔습니다."

"빙고." 아빠가 말한다. "엄청난 놈이죠."

"여기 사인 좀 해주시겠어요." 니나가 아빠에게 서명판을 내민다.

"대신에 이름을 쓰면 안 되는 건가요?" 니나는 아빠를 쳐다본다. 무슨 소리냐는 듯. "여기라고 쓰는 대신에?"

"그냥 사인이나 해, 댄." 엄마가 말한다.

그들 옆으로 슬쩍 내다보니 저기 밖에 커다란 흰색 밴이 보인다. 진짜 좋은 거다. 니나가 가서 밴의 문을 연다. 아빠가 그 뒤를 따라 현관 계단을 내려간다. "내가 도와줄게요. 그것도 한 손 말고 두 손으로." 그렇게 말하며 양손을 흔든다.

아빠가 입 좀 다물었으면 싶다. 팔짱을 낀 채 눈을 치뜨는 걸로 봐서 엄마도 같은 생각을 하나보다. 우리는 깜짝 선물을 기다린다. 니나가 차 문을 여는데, 깜짝 선물은 밴이 아니다. 밴 안에서 나오는 무언가다. 아빠가 그것을 가지고 계단을 올라온다. 내가 생각했던 그런 게 아니다. 그것을 보고 나니 차라리 보지 않는 편이 더 나았지 싶다. 심장이 쿵 소리를 내며 내려앉다 못해 신발 안으로 떨어진 기분이다.

"짜잔!" 아빠가 그 양옆을 눌러 활짝 펴지도록 하자 앉을 자리가 생겨난다.

"휠체어네." 엄마가 말한다.

"바깥세상으로 가는 당신의 여권이지."

나는 할말을 잃는다. 속으로는 절대 안 돼, 우리 엄마가 저런 걸 탈 순 없어!라고 고래고래 소리친다. 모두가 우릴 쳐다보며 불쌍해할 것만 같다. 저것 때문에 안에 숨겨둔 것들이 밖으로 드러나고, 그러면 모두가 보게 될 텐데, 싫다. 사람들이 엄마를 그런 식으로 보는 게 싫다.

"우리 어디든 갈 수 있어. 예전에 그랬던 것처럼." 아빠가 말한다.

"멋지네." 이렇게 대답하는 엄마는 곧 울음을 터트릴 것만 같다.

"왜 그래?"

"아니야." 엄마는 소매로 코를 훔친다.

"아닌 게 아니잖아." 아빠가 팔로 엄마를 감싸자 엄마가 그 가슴에 기댄다.

"절대 예전 같지 않을 거야. 왜냐면 내가 예전 같지 않으니까. 내가. 불가능해. 당신도 알잖아……"

"알아." 아빠가 말한다. "나도 알아. 하지만 당신도 밖에 나갈 수 있어, 그럴 수 있다고. 빌리도 도울 거고. 이제 우리 빌리도 크고 강한 청년이거든. 그치, 빌리. 너도 엄마를 도울

거지, 그렇지."

나는 그저 거기에 서서 계단 위 휠체어를 바라보고만 있다. 마치 그것이 우리 세계에 출몰한 외계인이라도 된다는 듯이. 이민 온 개미 한 마리를 받아줄지 말지, 왕국의 일부가 되도록 놓아둘지 쫓아버릴지, 그것도 아니면 잡아먹어버릴지 결정이라도 해야 한다는 듯이.

머릿속에 먹구름이 모여들고 데이비드 경이 말한다. "약 40억 년 전 시작된 생명은 이후 몇 차례 극심한 기후변화를 겪었습니다. 여러분과 나는 지구상에서 가장 널리 퍼져 있고 또 지배적인 동물에 속합니다. 한 가지 분명한 사실은 인류가 지구와 그 안의 모든 것들에 대해 전례 없는 통제력을 행사해왔으며, 그래서 원하건 원하지 않건 뒤이어 벌어질 일들의 거의 대부분이 인간의 손에 달려 있다는 것입니다."

내 안에서 폭풍우가 이는 것만 같다. 대서양을 온통 휩쓸어버리는 바람이 더 세게 휘몰아친다. 수분을 빨아들이며 소용돌이친다. 시속 150킬로미터, 250킬로미터, 점점 더 강해지며 빙글빙글 돈다. 내륙으로 돌진할 태세를 갖추고, 바다로 빠져나갈 길을 찾는다. 데이비드 경이 뭔가 더 할말이 있는 듯 입을 연다. 그러나 말하지 않는다. 머릿속이 웅웅거린다. 그러고는 아무것도 없다. 고요뿐이다. 딸깍, 화면이 꺼진 듯.

데이비드 경의 얼굴이 어둠 속으로 서서히 사라진다.

그는 가버렸다.

킹 하트

PSHE 시간이다. 노번드 선생님이 제3세계 아동 노동에 대해 애기하려고 애를 쓰는 와중에 이마에서 땀을 뻘뻘 흘린다.

"정말 끔찍하지 않나요, 선생님." 제이미가 말한다. "악몽 같아요." 그러고는 오스카에게 눈을 찡긋하며 등뒤로 손가락 두 개를 치켜들자 오버헤드 프로젝터에 비친 선생님 머리에 뿔이 두 개 생긴다.

노번드 선생님이 하얀색 손수건으로 이마를 훔치더니 이번엔 DVD를 넣는다. 작동이 안 된다. "아." 이마를 더 세게 문지른다. "좀 도와줄 사람, 누구? 없어?" 로버트 브렌트우드가 버튼 몇 개를 누른다. 그제야 스크린이 파란색에서 검은색으로 변하고, 우리는 인도의 노동 착취 현장을 다룬 프로그램을 시청한다. 정말 끔찍한 게 맞다. 꼬마들이 하루종일, 매일같이 운동화를 만들고 버는 돈이 한 달에 15파운드 정도라니. 꿈에도 몰랐다. 그애들이 콘크리트 바닥에 쪼그려앉아 눈을 가늘게 뜨고 바느질하는 모습을 바라본다. 그리고 책상 아래 제이미의 발을 내려다본다. 내 나이키를. 속이 좀 메슥거린다.

*

밖으로 나가니 패트릭이 로버트 데이나드, 조엘 해리스와 '추락의 벽' 옆에서 얘기하고 있다. 벽 위에 앉아 그애들이 가버리길 기다리는 사이, '짜부'가 벽에서 떨어지며 무릎을 찧는다. 바지가 피로 물들기 시작한다. 다만 바지가 검은색이라, 검은색 위에서는 피도 검은색으로 보인다. 까맣게 탄 토스트 위 마마이트 소스*가 그렇듯이. 눈에 보이지 않아도 거기 있다는 건 그냥 아는 법이다.

조엘이 노번드 선생님 성대모사를 한다. "누구, 없어." 선

---

* 이스트 추출물로 만든 흑갈색 소스.

생님이랑 똑같다. 로버트와 패트릭이 웃는다. 나는 입속을 깨물어 웃지 않는다. 로버트와 조엘이 매점에 간다. "이따 보자." 패트릭이 말하며 그애들의 손에 폼볼이 나타나게 한다.

"멋진데." 로버트가 말한다. 조엘이 공을 눈에 갖다대니 꼭 좀비 눈알이 생긴 것 같다. 그애들이 다시 던져주자 패트릭은 공을 잡은 뒤 손을 펴서는 사라졌다는 걸 보여준다. 그애들이 돌아서며 손을 흔든다. 나는 패트릭을 빤히 쳐다본다. 근데 넌 대체 누구 친구냐?라고 말하는 눈길로.

"이거 봐봐." 패트릭이 셔츠 주머니에서 카드 한 세트를 꺼낸다. 패트릭은 눈썹을 읽는 데 심각하게 소질이 없구나, 나는 생각한다. 그애가 '추락의 벽' 위로 올라온다. 카드가 들어 있던 셔츠 주머니가 여전히 네모나게 각이 잡혀 있다.

"한 장 골라봐." 패트릭이 카드를 부채꼴로 펼친다.

"계속 생각해봤는데." 내가 말한다.

"뭐든 골라."

"이유에 대해서."

패트릭이 카드를 내 눈에다 들이대는 바람에 앞이 보이지 않는다. "뭐-든-고-르-라-고." 패트릭이 정말로 천천히 말한다. 셰리와 베키가 이쪽을 본다. 나는 카드 한 장을 골라 내 얼굴 앞에 딱 붙이고 확인한다. 킹 하트. "그걸 카드 더미 맨 아래에 넣어." 패트릭이 말한다. "그리고 더미 전체를 다시 상자에 넣어."

"더미보단 뭉치라고 해야지." 내가 말한다. "그 뭉치 전체를 다시 상자에 넣어."

"어쨌든." 패트릭이 말한다. "내가 절대 볼 수 없게 하고."

"네가 볼 수 있는지 없는지 내가 어떻게 알아? 소매에 거울을 숨기고 있을지도 모르고."

"확인해보고 싶어?" 패트릭이 팔목을 든다.

"됐어." 나는 그 뭉치 전체를 다시 상자에 넣는다.

"좋아." 패트릭이 카드 상자를 얼굴에 갖다대더니 그걸로 이마를 쾅쾅 때리기 시작한다. "지금 뭐하는 거야?"

"네가 고른 카드를 뇌에 새기는 중." 그러면서 카드 상자로 자기 머리를 다시 때린다. 상자가 부딪힐 때마다 영화 〈사이코〉 배경음악 소리를 낸다. "리 리 리 리." 웃지 않으려고 애를 쓰지만 도저히 참을 수 없다. 패트릭도 웃음을 터트리면서 상자와 부딪힐 때마다 눈을 깜빡인다.

"됐어, 됐어, 그만해." 패트릭의 머리에 분홍색 자국이 생겼다.

"네 카드는……" 패트릭이 눈을 감는다. "킹 하트." 그리고 두 눈을 뜬다.

나는 그애의 팔목을 당겨 소매 밑을 확인한다. 거울은 없다. "킹 하트가 아니라면?"

"맞는 거 알아." 패트릭이 카드를 다시 주머니에 넣고 단추를 채운다.

"이 또라이." 내가 말하며 팔꿈치로 패트릭을 민다. 그러다 '추락의 벽'에서 추락할 뻔한다. 패트릭도 팔꿈치를 써서 반격해 들어온다. 제이미와 오스카가 지나가자 우리 둘 다 멈춘다.

그애들의 그림자가 콘크리트 위로 드리워져온다.

빠른 어둠
빠른 어둠

달리 갈 곳이 없다. 제이미가 돌을 찬다. 내가 몸을 뒤로 빼자 돌은 몇 밀리미터 차이로 내 머리를 비켜간다. 우리 둘 다 돌이 떨어지는 풀밭을 바라본다. 오스카가 양손으로 여자 가슴 모양을 만들고는 경중경중 우리를 지나쳐간다. 어처구니가 없다. 우리는 그애를 보다가 눈길을 돌린다.

"그래서, 생각해봤다고." 패트릭이 말한다.

"응."

"그래서?"

"걔네들 그냥 친구가 필요한 게 아닐까?"

"걔네 누구?"

"물고기들 말이야." 나는 발뒤꿈치로 벽을 찬다.

"그래." 패트릭이 고개를 갸우뚱한다. "걔네들도 수백 마리는 된다며."

"뭔가 다른 종류의 친구 말이야."

"혹시 인간의 고기?"

"아니." 깜짝 선물 사태를 겪은 후, 나는 이 얘기가 어떤 방향으로 흘러갈지 예행연습을 해왔다. 이건 내가 예상했던 방향이 아니다. "아무래도 그걸 알아내러 다시 들어가야 할 것 같아." 별거 아니라는 듯 들리게 하려고 애쓴다.

"진짜로?" 패트릭이 영화 〈죠스〉의 배경음악 소리를 낸다. 두 두 두 두 두 두.

"하지 않으면 평생 안타까워하며 살게 될 거야. 그걸 했었어야 했는데 하고."

"죽지 않는다면 말이지." 패트릭이 말한다. "만약 죽는다면 넌 그 무척 짧은 인생을 안타까워하겠지. 그걸 하지 말았어야 했는데 하고."

"안전하다고. 알겠냐."

패트릭이 날 본다.

234

"그래서 걔들이 무리 지어 사는 거야." 나는 카드가 든 패트릭의 주머니를 손가락으로 푹 찌른다. "그러면 안전하니까."

"걔들이 무리 지어 사는 건, 자기 말고 옆의 누군가가 대신 잡아먹히게 하려는 거지."

"걔들은 안 그래."

"걔들은 그래." 패트릭이 숨을 내쉰다. "언제 갈 건데?"

"오늘밤. 야영을 하면 돼."

"너 지금 나한테 밤에 해변에 앉아 있으라는 거냐? 그것도 혼자?"

"아니, 뭐, 그래. 모르겠어. 아마도. 다들 그러니까. 여름에는." 내가 어깨를 으쓱한다. 정말 그 정도로 깊게는 생각 못 했다. "내가 치즈맛 도리토스랑 손전등을 가져올게. 넌 밧줄 책을 읽으면 되잖아. 부탁해."

"『독학으로 배우는 밧줄 마술』이거든." 패트릭이 뒷목을 긁적인다. 산들바람이 이는 게 느껴진다. 그 바람이 패트릭의 앞머리를 뒤로 넘긴다. "딱 오늘밤만인 거다?"

"도리토스, 대형 사이즈 도리토스와 함께." 내가 말한다.

"알았어." 패트릭이 다시 목을 긁는다. "딱 한 번만이야."

입구

낡은 '미스터리 머신' 저금통을 꺼내 바닥에 있는 마개를 당겨 빼려고 해본다. 꿈쩍도 않는다. 부엌 서랍에서 꺼낸 황새치 나이프로 모서리를 꾹 누르니 마개가 튀어오른다.

탁.

와르르르.

동전들이 조리대 위로 쏟아진다. 손가락 두 개로 밀어 줄을 세운다. 2파운드 58펜스. 이 정도면 충분할 거다. 동전을 전부 조리대 가장자리로 옮긴 다음 호주머니 속으로 떨어트린다. 절대 돈을 딸 일이라곤 없는 2펜스짜리 슬롯머신이라도 되는 것처럼. "잭팟."

현관문을 열었다가 들이치는 돌풍에 손을 놓쳐 문이 벽에 부딪힌다. **쾅.** 문고리를 간신히 붙든 채 밖으로 발을 내민 다음 몸을 뒤로 젖히며 당겨 닫는다. 호주머니가 동전으로 불룩하다. 짤랑짤랑 '존스 코너숍'으로 향한다.

빙봉. 문에서 소리가 난다.

치즈맛 도리토스는 스낵 코너 벽에서 스태커스의 오른쪽 그리고 몬스터먼치의 왼쪽에 있다. 토블레로네 초콜릿으로 쌓은 피라미드를 바라보며 저 문소리가 꼭 다른 세계의 입구로 들어가는 소리 같다는 생각을 한다. 도리토스를 계산대에 올려놓는다. 존 아저씨는 톱과 미니 달걀프라이 모양 초콜릿을 진열대에 정리하는 중이다. "라임맛 해골 초콜릿 어때?" 아저씨가 선반에서 하나를 집어든다. 화이트 초콜릿에 초록색 눈이 붙어 있다.

"이거면 돼요. 감사합니다."

아저씨가 계산대 뒤의 체크무늬 천 조각에 손을 닦는다. 나는 주머니에서 돈을 꺼내 계산대 위에 놓는다. "유후, 어디 사기꾼°들이라도 덮쳤나봐, 응?"

"사기꾼이요?"

° 원문 표현 'humbug'에는 '사기꾼'과 '박하사탕'이라는 두 가지 의미가 있다.

"아니, 박하사탕." 아저씨가 말하고는 특유의 꺽꺽거리는 웃음을 웃는다. "박하사탕을 덮쳤다고." 아저씨의 눈썹이 매우 기대에 차 있어 나도 웃으려 노력해본다.

"재미있네요."

존 아저씨는 복싱하는 캥거루에게 얻어맞아도 웃을 사람이다. "오키도키, 이제 돈 벌어야지." 아저씨가 웃기를 멈추고 동전을 세기 시작한다. 진심으로 집중하고 있는 듯 보인다. 힐리스를 신은 여자애가 들어와 크런치바 하나를 집고는 문 쪽으로 굴러온다. "55펜스." 존 아저씨가 한 손을 내민다. 세고 있는 동전에서 단 일 초도 눈을 떼지 않으며. 아저씨는 프로다. 여자애가 돈을 내고 떠난다.

"네 아름다운 어머니는 어떠시냐?" 눈을 들지 않은 채 아저씨가 묻는다.

"잘 계세요."

"그러면 세상에서 가장 유쾌하고 에너지 넘치는 네 아버지는?"

"잘 계세요."

"그러면 세상에서 가장 멋진 너희 집 개는?"

"저 개 없는데요."

"알았다." 아저씨가 계산대 서랍을 닫자 띵 소리가 난다.

"1펜스 더 왔다." 아저씨가 말하며 내게 돌려준다. "저 상자들이 계속 쌓이니까 하는 말이야, 알잖아." 아저씨가 고양이 혀 초콜릿 상자 무더기를 가리킨다. 매우 거대하고 엉성하게 쌓여 있다. 상자에는 아기 얼룩고양이들이 나란히 서 있고 구불구불한 금색 글씨로 '캇첸충엔'이라고 독일어가 적혀 있다. 엄마가 가장 좋아하는 초콜릿이다. 엄마는 좀 정신 나간 듯 보이는 것들을 사는 게 좋다고 한다. 그리고 그 초콜릿을 사는 유일한 사람이다.

"그렇군요." 내가 어깨를 으쓱하며 도리토스 봉지를 든다.

"어이, 빌리, 받아." 아저씨가 콜라병 모양 젤리를 던져준다. "쉬익-나게 지내라고."

"쉬익나게요?"

"신나게랑 라임 맞춘 건데, 아니야?" 마치 그 농담을 어깨 뒤로 던져버리듯 아저씨가 손을 흔든다. "아, 요즘 한창 라임 맞추기 연습중이거든."

"감사요"라고 말하며 손을 흔드는데 매우 맥이 빠진다.

밖으로 나서자 벨이 울리고 입구를 품고 있던 방울이 터진다. 뒤를 돌아보니 존 아저씨는 벌써 도리토스가 빠진 스낵칸을 채우고 있다. 엄마가 탄 휠체어를 밀며 이 주변을 돌아다니는 아빠의 모습을, 모두가 그 장면을 빤히 바라보는 모습을 그려본다. 우리가 휠체어를 바깥에 어떻게 세워야 할지도. 모두가 어떻게 알게 될지도.

열대우림의 밑바닥을 생각한다. 카메라 한 대가 보석말벌의 굴속으로 가까이 들어간다. 데이비드 경은 거기 없다, 이제는. 그를 전혀 볼 수가 없다. 화면이 작동하지 않는 텔레비전 같다. 목소리는 들리는데 보이지가 않는다. 가슴이 철렁한다. 기분이 이상하다.

"보석말벌은 여기 바퀴벌레의 몸에 알을 낳고 굴의 입구를 낙엽으로 막아버립니다. 보석말벌의 유충은 바퀴벌레의 체액을 빨아먹으며 오 일 정도를 보낸 뒤 더 몸안으로 파고들어가 신경계와 호흡기를 먹어치우기 시작합니다. 그 모든 일이 벌어지는 동안 바퀴벌레는 살아 있는 상태로 무력하게 있을 뿐이죠." 입속에서 콜라병 젤리가 끈적끈적하다. 하수도에 뱉어버린 뒤 그러려던 것보다 세게 과자 봉지를 움켜쥐고 집으로 간다.

못 가는 거야
안 가는 거야

집에 돌아오니 바람이 침입이라도 하려는 듯 부엌 창문을 들썩이고 있다. 내 퀵피치 컴팩트 텐트, 윌더니스 침낭, 렌서 X21 엑스트림 LED 손전등을 꺼내 세탁기 옆 파란색 대형 이케아 가방 하나에 쑤셔넣는다. 냉장고를 보니 프랑크푸르트 소시지 반 팩이 있다. 그것도 챙겨넣고, 싱크대 아래 찬장에서 일회용 바비큐 그릴을 꺼내 소매로 거미줄을 닦아낸다. 도리토스는 더이상 부서지지 않게 맨 위에 넣는다.

탁자 위 빨간색 전기세 고지서 봉투 뒷면에 패트릭이랑 캠핑 가요. 내일 돌아올게요라고 쓰고 콩 통조림으로 눌러놓는다. 캠핑과 수영이 동시에 진행된다는 걸 알리는 뭐 그런 의미로.

부엌시계가 솔새 소리를 낸다. 가방을 어깨에 들쳐메고 문을 열려는 순간, 밖에서 다른 누군가가 먼저 연다. 공기가 안으로 들이친다. 들어오고 싶어 죽는 줄 알았던 게 백만 년은 되었다는 듯, 그 시간 내내 숨을 참고 있었다는 듯.

그 다른 누군가는 아빠다. 더워 보인다. 집까지 뛰어온 모양이다. 나는 뒤로 물러선다. 내가 남긴 메모가 콩 통조림 아래서 펄럭인다. 아빠가 문을 어깨로 밀어서 닫는다. 그리고 나를, 내 수건을 본다. "응? 뭐하려고?"

"우리한테 가려고요."

"뭐?"

"나가요. 패트릭이랑 나가요. 오늘밤에요."

"그래도 되냐고 물은 적 없잖아."

"괜찮을 줄 알았어요."

"음, 그렇지 않아." 아빠가 숨을 내쉰다. "난 우리가 산책을 갈 거라고 생각했거든." 그러면서 휠체어를 가리킨다. "우리 전부 다. 함께."

"죄송해요." 나는 바닥을 내려다본다. 아빠의 눈썹은 일부러 보지 않는다. "중요한 일이라서요."

"중요한 일은 이거지. 엄마 일이잖아. 난 네가 마음을 쓰는 줄 알았는데."

"마음 써요."

"난 네가 신경을 쓰는 줄 알았어."

"신경써요."

"뭐, 별로 그런 것 같지 않은데 빌리, 그렇지가 않아." 아빠가 쿵 소리를 내며 조리대 위에 한 손을 올려놓는다. "올 거야, 말 거야?"

"못 가요." 물고기에 대해, 그 모든 것에 대해 아빠에게 털어놓고 싶지만 하지 않는다.

"못 가는 거야, 안 가는 거야?"

나는 수건에서 삐져나온 실 한 가닥을 뽑는다.

엄마가 부엌문을 밀자 창문이 벌컥 열린다. 쾅. 모두가 펄쩍 뛴다. 바람이 벽에 걸린 아빠의 티 타월 세 장을 휙 날려버린다. 창문을 닫아보려 하지만 손이 잘 닿질 않는다. 엄마의 머리카락이 뒤로 날린다. 엄마가 싱크대로 다가와 팔을 뻗어 창문을 닫는다. 아빠는 바닥에 떨어진 티 타월들을 주워든다.

엄마가 아빠를 보고, 나를 본다. "무슨 일 있어?" 그러면서 고개가 삐딱하게 기운다. 아빠가 손등으로 티 타월을 쓸어 평평하게 편다. 그러다 고개를 들고는 재빨리 미소 지으며 말한다. "우리 데이트하러 갈 거야. 당신이랑 나." 그리고 한 팔을 뻗어 엄마를 안는다. "산책 어떠십니까?"

"사양치 않겠어요."

"당신의 마차가 기다리고 있습니다……" 아빠는 휠체어를 준비하러 간다.

"그럼 나중에 봐요." 내가 말한다.

"10시까지 집, 알겠지. 오늘밤." 그렇게 말하는 아빠는 뒤돌아보지 않는다. 날 보지 않는다. 절대로.

FDT

해안가 길을 걸어내려가면서 절벽 아래로 돌들을 걷어찬다. 딱딱딱딱. 바위를 때리며 떨어진다. 춥다. 그리고 잿빛이다. 바람이 미쳐간다.

제이디네를 지난다. 제이디가 창밖으로 빠끔히 고개를 내민다.

"안녕, 빌리."

그애가 내 얼굴을 들여다본다. "괜찮아 너?"

"아니."

"잠깐만!"

나는 그냥 계속 걷는다.

바람이 무릎과 등을 후려갈긴다. 중간중간 계속 멈춰 서서 팔을 바꿔줘야 한다. 가방이 너무 무거워 어깨에 빨간 줄이 남는다. 강풍이 가방을 들어올리고, 가방줄 잡은 손을 냅다 얼굴을 향해 찰싹 날린다. 벤치에 가방을 던져놓고 맞은쪽 뺨이 후끈거리는 걸 느낀다. 그리고 바람에 몸을 맡긴 채 발뒤꿈치를 들고 얼마나 멀리까지 갈 수 있는지 본다. 바람은 마치 거대한 손처럼 나를 붙들고 내 가슴을 누른다. 나는 생각한다. 그래 해봐라, 어디 덤벼봐. 여기가 바닷속이라도 되는 듯 겁없이 바람을 불러들인다. 그리고 저 아래 바위들을 내려다본다. 바람이 방향을 바꿔 날 놓아버릴 수도 있다. 저 밑으로 내리꽂히는 것도 순식간일 테다. 나는 고개를 가로저으며 물러난다.

가방을 다시 들쳐메고 벤치를 쳐다본다. 평소 바람 때문에 아무도 여기에 앉지 않는다. 벤치에 붙어 있는 명판에 이렇게 쓰여 있다. 이 자리를 정말로 사랑했던 미스터 & 미세스 E를 추억하며. 이 사람들은 누구였을까. 그리고 왜 바람을 마다하지 않았을까. 실은 이 벤치를 설치한 사람들이 장소를 헷갈린 것이고, 그래서 그들의 유령은 어느 아름답고 바람 없는 곳 주위를 서성이며 영원히 안식할 날만 기다리고 있는 것 아닐까.

계단을 내려간다. 바람이 해안가에 발길질을 하고 내 얼굴

에 사포질을 한다. 오늘 사포의 거칠기는 미세/중입도('뱅 &
블래스트'에서는 한 장에 2.29파운드). 나는 아빠를 생각한
다. 엄마를 생각한다. 그들이 함께인 모습을 생각한다. 저 밖,
내가 없는 그들만의 세계에 푹 빠져 있는 모습을.

계단 아래에서 패트릭을 만난다. 패트릭이 메고 온 군용 배
낭 안에는 모든 게 단정하게 정리되어 들어 있다. 그애의 어
깨는 괜찮아 보인다. 우리는 좁디좁은 길을 기어올라 모래언
덕 안으로 향한다. 달 표면의 분화구같이 팬 곳으로 들어가
모래에 등을 기대고 앉는다. 나부끼던 머리카락이 제자리로
돌아온다.

그곳 분화구 바닥, 사발처럼 움푹한 곳에 캠프를 세운다.
바람이 가장자리를 빙글빙글 돌며 밀고 들어오려고 안간힘을
쓴다. 원터치 텐트를 펴는 건 쉽지만 고정시키긴 어렵다. 뽑
혀나오지 않게 말뚝 위에 돌을 올려두기로 한다.

"만약 텐트가 날아가버리면?" 패트릭이 묻는다.

"네가 안에 들어가 있으면 안 날아가." 내가 마지막 말뚝을
돌로 내려친다.

"고맙네요."

"사실 텐트를 타고 서핑하는 것도 꽤 멋질 거야."

"그렇지. 수영을 할 줄만 안다면."

나는 패트릭이 수영을 못한다는 걸 자꾸 까먹는다. "이지 젯*보다는 싸게 먹힌다고."

"꼭 그렇지만도 않을걸." 패트릭이 말한다. "그리고 난 목적지에 사실상 살아 있는 채로 도착하는 걸 더 선호하는 편이거든." 그러면서 말뚝 위에 **대왕** 돌 하나를 올린다. "어쨌든 나 10시까지는 들어가야 돼."

"뭐?"

"우리집 규칙." 패트릭이 얼굴을 찡그린다.

"마찬가지."

패트릭이 곁을 지날 때 내 다리를 일부러 빼지 않아 거기 걸려 넘어지게 만든다. 훌륭한 몸 개그를 선보이며 모래를 들이받는다. 너무나 웃기다. 패트릭이 모래 한 주먹을 내 얼굴에 냅다 던지기 전까진. 그러고선 나를 바닥에 쓰러트리고 내 머리 위로 선다. 양손 가득 모래를 장전한 채. "휴전." 내가 말한다. "휴전." 패트릭이 물러난 뒤 내 몸에 붙은 모래를 닦아내는데 온 피부도 다 같이 긁혀나오는 기분이다.

패트릭의 부싯돌로 즉석 바비큐 그릴에 불을 붙이고 소시지를 익힌다. 둘 다 포크를 가져오는 걸 까먹은 바람에 나무

• 영국 저가항공사.

막대기로 쑤셔보는데 소시지는 이 초면 타버린다. 그걸 막대기에 꽂아 뜯어먹는다. 까맣긴 하지만 그래도 뜨겁고 맛있다. 잇몸을 조금 데인다. 패트릭이 가져온 민들레 우엉 음료수를 병째 벌컥벌컥 들이켠다.

즉석 그릴의 불이 꺼질 기미를 보이지 않는다. 도리토스를 데워 먹어보지만 맛이 좀 이상하다. 해가 지면서부터는 거기에 손을 덥힌다. 나는 바지와 셔츠를 벗는다.

"얼마나 걸려?" 패트릭이 묻는다.

"모르지." 위아래로 팔짝거려가며 전신 잠수복을 다리 위로 끌어올린다. 이 잠수복을 입지 않은 지도 백만 년이다. 다시 벗을 수나 있을는지 의문이다. 손을 뻗어 수영용 신발을 집는다.

"세 시간? 네 시간? 여섯 시간?"

"그게 중요해?"

"FDT를 알아야 해서 그래." 패트릭이 말한다. 나는 그애에게 그게 대체 뭐래 눈빛을 보낸다. "친구가 빠져 죽고 있을지 몰라 도움을 구해야 할 시간Friend might be Drowning and needs help Time."

"아." 패트릭의 눈썹 읽는 능력이 생각보다는 나을지도 모르겠다. "아예 앞 글자를 다 따서 FMBDANHT라고 하시지 왜?"

패트릭이 날 향해 검지와 중지를 들어 보인다.● 내가 그애에게 뛰어들어 우리는 잠시 모래 위를 데굴데굴 구른다. 그러다 일어나서 팔꿈치의 모래를 떨어낸다. "세 시간 내로 돌아올게."

"인식표 챙겼어?"

"너 뭐냐, 우리 엄마냐?" 내가 말하며 그애의 코 아래에 대고 인식표를 짤랑거린다. 그걸 절대로, 심지어는 샤워할 때조차 몸에서 떼놓지 않는다는 건 말하지 않는다.

"알았어, 알았어." 패트릭이 찰싹 때리며 미는 바람에 내가 개밀 위로 넘어진다. 줄기에 양손을 찔려 꺅 비명을 지른다. 패트릭이 자기 발을 한 번 내려다보고는 날 올려다본다.

"이거 가져가라." 그러면서 자기 손바닥에서 내 손바닥으로 뭔가를 넘겨준다. 그애의 온기로 따뜻하다.

"뭔데?" 내가 손을 편다.

"뭐 같아?"

위쪽에 구멍이 나 있는 그 금속을 들여다본다. 표면에 내 얼굴이 일그러져 비친다. 얼굴 더 가까이로 가져오니 왕코가

● 영국에서 손등을 보인 채 검지와 중지를 드는 것은 모욕적인 행동이다.

된다. 호루라기다. "이건 뭐하러?"

"그냥……" 패트릭이 주머니에 손을 찔러넣고 어깨를 으쓱한다. "혹시 모르니까."

혹시 뭘 몰라? 생각은 하지만 굳이 묻지 않는다. 호루라기를 목에 걸어 잠수복 속으로 넣는다. "달리기 시합!" 내가 외치고 우리는 모래언덕의 꼭대기까지 달려올라간다. 꼭대기에 부는 돌풍이 우리를 거의 때려눕힐 뻔한다. 서로의 팔꿈치에 매달려 균형을 잡는다. 그리고 팔을 놓는다.

"빌리." 패트릭이 몸을 돌려 나를 본다. "만약에 네가 돌아오지 않으면?"

나는 그애에게 눈길을 돌리지 않는다. "뭐?"

"안 돌아오면 어떡하냐고. 돌아오고 싶어지지 않으면?"

우리는 파도를 바라본다. 나는 저 밑, 그 고요, 그 회전, 모든 것이란 존재로부터의 동떨어짐, 그 부재를 생각한다. 우리를 생각한다.

"돌아올 수 없게 돼버리면?" 패트릭이 묻는다.

메갈라스, 나는 생각한다. 머릿속으로 그 암호를 계속 되뇐다. 메갈라스. 메갈라스. 그 말을 완전히 새기려고 애쓴다. 혹시 모르니까.

"돌아올 거야." 그렇게 말하면서도 패트릭을 돌아보지는 않는다. 좁디좁은 길로 발을 내딛는다. 팔짱을 끼고 손가락을 교차•한 채. "돌아올 거야"라고 외친 뒤 모래를 헤치며 언덕 밑바닥까지 바람처럼 돌진한다.

• 검지와 중지를 교차하는 것은 행운을 비는 행동이다.

없어지다

나는 해변을 걸어내려간다. 얼굴로 불어닥치는 모래 때문에 잔뜩 찡그린 채로. 오늘은 절벽의 어깨마저도 바람을 막아주지 못한다.

북극에서 나그네쥐를 잡겠다고 뛰어오르는 여우 한 마리를 데이비드 경이 관찰하고 있다. 그의 모습은 여전히 보이지 않는다. 온통 눈과 얼음뿐, 그리고 아무것도 없다. 어디서 들려오는지조차 모를 목소리 하나만 덩그러니. "간신히 연명해 나가는 삶입니다." 목소리가 말한다. "그리고 겨울의 가장 혹독한 날들은 아직 시작되지도 않았죠." 도약 거리를 잘못 계산하는 바람에 여우가 머리를 처박고 만다. "북극여우들의 청소년기는 대체로 고독한 여정입니다. 살아남을 수 있는 유일한 방법은 뿔뿔이 흩어져 육 개월에 달하는 겨울에 홀로 맞서는 것이죠. 그렇게 해도 어린 북극여우가 생존할 확률은 겨우 5분의 1밖에 되지 않습니다."

엄마를 생각한다.

만약에 네가 돌아오지 않으면? 패트릭의 목소리가 머릿속을 맴돈다. 나는 그걸 밖으로 밀어낸다. 지금 당장 중요한 건 그게 아니다. 일단은 떠나는 것, 그게 중요하다. 발목 주변에 물보라가 인다. 밀려오는 파도 속으로 걸어들어가 다이빙한다.

물속에 머리를 밀어넣는다. 파도의 너울이 물밑 모래를 밀고 당겨 구름으로 만든다. 잠수복 안으로 바다가 스며들어온다. 그리고 따뜻해지기 전까지 몸을 벌벌 떤다. 내가 뱉은 공기방울이 귓전을 맴돈다. 바닷물은 무겁다. 수영장 물과는 달라서 걸쭉하고 엄청 많고 거세다. 숨을 내쉬기도 더 힘들다.

밥을 찾아본다. 해질녘에 여기 있자니 기분이 이상하다. 오늘은 바람이 물을 성나게 한다. 해초와 초록과 갈색과 거품과 덩어리진 조각들이 갈기갈기 찢겨 주변을 마구 떠다닌다. 앞을 보기가 힘들다. 입안으로 쏟아져들어오는 조각들을 막아보려고, 얼굴 저편으로 밀어내리려고 애쓴다.

녀석이 여기 없다.

바닷물이 매정하다.

계속 헤엄쳐나간다.

파도는 나를 바위에 갖다 꽂으려고 쉼없이 밀어대고, 나는 그 바위들을 쉼없이 피해낸다. 무릎을 접어올리고 소라게처럼 몸을 둥글게 말아 바위를 피한다. 바닷물이 나를 뒤로 끌어당길 때면 팔과 다리를 북극곰처럼 할퀴며 허우적거려 벗어난다.

이곳 수면은 내게 어울리는 곳이 아닌 듯하다. 저 아래에선 나 없는 우리가 벌어지고 있는데.

나는 물밑으로 고개를 넣고 "케쯔" 하고 소리친다. "케즈도딕." 어떻게 고래들이 수 킬로미터 밖에서 서로의 소리를 들을 수 있는지, 어떻게 바다표범들이 수염으로 진동을 느낄 수 있는지 생각한다. 내 목소리가 에어포켓 안에 갇힌 파장, 더이상 말이 아닌 어떤 느낌, 감지할 수 있고 주파수를 맞출 수 있는 뭔가로 변한 것 같다. 아닌가.

기다리며 지켜보지만 아무 일도 벌어지지 않는다. 나는 눈을 감는다. 어서, 머릿속으로 말한다. 녀석들이 물을 통해 들을 수 있으리라는 듯. 어서. 내 생각 파장이 흘러나가도록 한다. 어떻게 번개가 동시에 모든 곳에 칠 수 있는지를 생각한다.

눈을 뜨니 뭔가가 보인다. 너무 멀어서 확신하긴 힘들지만 촛불, 반짝이는 조그마한 불빛 같다. 계속 바라본다. 깡통일 수도 있다. 그물 조각, 돌, 모래, 무엇이든. 그러나 아니라는 걸 안다. 저 조그마한 은빛 화살이 내 쪽을 향한다. 일직선으로 반듯하게 오는 법은 절대 없다. 휙, 휙, 휙. 나는 물고기 소년이다, 하고 생각한다. 녀석이 날 만나러 왔다.

밥이 내 무릎을 따라 헤엄쳐 올라오다 멈춘다. 나는 더 납작하게 엎드리며 고개를 녀석 가까이로 가져간다. 그때 인식표가 잠수복 밖으로 삐져나온다. 녀석은 인식표를 쳐다보더니 눈을 돌렸다가 다시 인식표를 본다. 나는 인식표를 손으로 잡아 꽉 움켜쥔다.

"안녕." 인사한다. 혹시 내가 녀석의 기분을 상하게 한 걸까.

갈게

큰빛나

싫어, 녀석이 말한다.

나는 설명하려고 한다.

"친구. 패트릭. 분홍 물고기."

물론 개가 수영을 못하긴 한다. 그리고 물고기가 아니다.

그저 큰빛나에 있는 다리 두 짝일 뿐.

분홍 물고기?

녀석의 고개가 내 어깨 너머를 흘끔거린다. 그 분홍 물고기
가 거기 있을지도 모른다는 듯.

"패트릭이야." 내가 말한다.

싫어

분홍 물고기

싫어

녀석이 말하며 두 살배기 아이처럼 고개를 젓는다.

그러더니 저리로 헤엄쳐 가 바위에서 무언가를 먹는다. 내
생각에 녀석은 지금 질투를 하고 있다. 다시 녀석이 내 팔 밑
으로 헤엄쳐 온다. 나는 몸을 수그려서 저기서 날아오는 홍합
껍데기를 피한 뒤 녀석의 등 가까이로 손가락을 가져간다.

그리고 잠시 머뭇거린다.

그냥 집 쪽으로 헤엄쳐 가 여길 빠져나갈까 생각한다. 뭔가
문제가 있다는 듯, 그 뭔가를 내 수염으로 느낄 수 있다는 듯.

하지만 그러지 않는다.

녀석의 등에 손을 올리고 우리는 출발한다.

저 어둠 속으로 헤엄쳐 들어간다. 전보다 더 진한 어둠이다. 그리고 험하다.

폭풍우를 타는 것은 힘들다. 정말, 정말, 힘들다.

이번에는 더 깊이, 더 멀리 들어간다. 빙글빙글 회전하며 이리저리 비틀리는 은빛 얼룩이 보인다. 저멀리 있는 것 같다. 녀석이 잡아당기자 나는 집중하려고 노력한다. 해류를 타려면 더 빨리 돌아야 한다. 그러려니 무릎과 팔꿈치를 부딪힌다. 전신 잠수복을 입길 잘했다.

밥이 자꾸만 나를 돌아보며 말한다.

분홍 물고기

싫어

왜 그렇게까지 거슬려하는지 모르겠다.

한줄기 달빛이 물을 베고 들어온다. 우리는 멈춘다.

그리고 그 빛을 올려다본다. 조각들과 파편들과 물건들이 떠왔다가 떠가면서 반짝인다.

"바다를 부르는 자," 녀석이 속삭인다. **"바다를 부르는 자,"** 꼭

귀신이라도 본 것 같다.

우리는 거기 둥둥 떠 있다. 아무런 말도 않는다.

빛이 다시 사라지고 우리도 움직인다.

무리는 어둠 속에서 아름답게만 보인다. 별들의 조각처럼 빛을 발한다.

달이 돌아온다. 달이 팔을 물속으로 집어넣는다. 길고 하얀 빛. 물고기들은 멈춰 서서 빤히 응시하고 또 올려다본다.

바다를 부르는 자, 모두가 말한다.

바다를 부르는 자

바다를 부르는 자

녀석들이 그 빛 속에서 꿈틀꿈틀 떠 있다.

빛이 사라지자 녀석들도 정신을 차린다.

나는 무리에게로 헤엄쳐 간다.

고등어 몇 녀석이 날 보고 고개를 까딱인다. 대부분은 외면하면서 내가 여기 있는 걸 모른다는 듯 군다. 작은 녀석 하나가 내 머리카락 옆으로 미끄러지듯 다가오더니 "안녕" 하고 정말 작은 목소리로 인사한다. 전체적으로는 녀석들 모두가 뭔가에 토라져 있는 것 같다. 나는 아래를 내려다본다. 밥이 없다. 주위를 둘러보고 다리 사이도 확인하는데 어디서도 녀석이 보이질 않는다.

나는 회전하는 무리의 가운데로 들어가려 한다. 물고기들이 서로 바짝 붙으며 날 튕겨낸다. 한번 더 시도해본다. 녀석들이 구멍을, 은빛 관을 만들며 흩어진다. 나는 텅 빈 가운데로 미끄러져 나가 다시 바깥에 있는 신세가 된다. 녀석들이 구멍을 메운다.

나는 밖에서라도 녀석들과 보조를 맞추려고 안간힘을 쓴다. 머리카락이 흩날리며 고글을 덮는다. 녀석들은 더 빠르게, 더 촘촘히 움직인다.

그러면서 날 쳐다보지 않는다. 나는 헤엄을 멈춘다. "뭐야? 어쩌자는 건데?"

녀석들이 멈춘다.

어떤 소곤거림 같은 게 시작되더니 그 소리가 점차 높아지며 주위를 감싼다. 소음으로 만든 벽처럼. 무슨 소리인지는 도저히 모르겠다. 녀석들은 고개를 갸웃거리고, 서로를 쳐다보고, 멈춘다. 그러다 조그마한 무리 하나가 전체에서 떠밀려 나온다.

다른 녀석들이 뒤에서 그 무리를 쿡쿡 찌른다. 화살표 같은 대형을 만들지만 모양이 계속 바뀐다. 선두에 서기를, 튀어

보이길 원하는 녀석은 아무도 없다. 모두가 뒷걸음질만 치고 있다.

가장 앞에 있는 한 녀석이 쿡쿡 찔리다 결국 밀려나온다. 밥이다. 녀석이 내 눈을 피하는 모습을 보니 알겠다.

이내 가까이로 헤엄쳐 온다. 밀어, 밀어, 밀어. 나머지가 녀석을 계속 밀어붙인다. 그냥 녀석을 움켜쥐고 여길 빠져나가고 싶다.

녀석이 내 코앞에서 멈춘다.

'여기 살자,' 녀석이 말한다.

여기 살자

그러면서 무리를 돌아보자 녀석들이 움직인다. 안으로 점점 조여드는 벽처럼 더 가까이, '할머니 발자국 놀이'•를 하는 것처럼. 밥은 내 가슴 쪽으로 헤엄치더니 인식표와 몸 사이를 쌩하고 가로지른다. 나는 녀석을 저리 쫓아버리려 한다.

"안 돼." 나는 고개를 젓는다. "안 돼."

• '무궁화꽃이 피었습니다'와 비슷한 놀이.

여기 살자, 물고기들이 말한다. 모두가 함께.

여기 살자

여기 살자

나는 떠올린다. 사이가 나빠진 아빠를. 부엌에 있는 엄마의 얼굴을. 휠체어를. 누군가 날 원한다는 건 기분좋은 일이다.

밥이 내 앞에서 헤엄친다. 녀석의 눈은 커다랗고, 희망에 차 있다.

우리

밥이 말한다.

우리

밥은 내가 우리의 일원이 되길 원한다.

나는 고개를 젓는다. 여기서 살 순 없어.

밥이 인식표에 달린 줄을 이빨로 물고 헤엄쳐 오른다.

싫어 분홍 물고기

싫어 패트릭

싫어

밥이 말한다.

그러자 다른 녀석이 뒤에서 헤엄쳐 온다.

싫어라고 말하며 그 녀석도 줄을 문다.

내 옆에 또다른 녀석.

내 목에 또다른 녀석.

싫어, 한목소리로 외친다.

그렇게 모두가 줄에 덤벼든다. 마치 그 인식표가 날 자기들
로부터 멀리, 저기 큰빛나에 잡아두고 있기라도 한다는 듯.

나는 인식표를 꽉 움켜쥔다. 얇디얇은 측면이 손가락을 파
고든다. "하지 마." 녀석들을 발로 쳐낸다. 그러나 녀석들은
끝없이 나타난다. 무리에서 벗어나 많이, 더 많이 떼로 몰려온
다. 위로 옆으로 획획 움직인다. 가까이, 가까이, 더 가까이.

싫어 패트릭

싫어 분홍 물고기

여기 살자

녀석들이 내 얼굴에 딱 붙어 헤엄친다. 아무것도 보이지 않는다. 녀석들은 강하다. 모두가 함께일 때, 정말 강하다.

여기 살자

모두가 말한다.

여기 살자

줄이 위로 들리자 나는 손으로 잡아내린다. 손가락이 미끄러진다. 줄이 너무 팽팽히 당겨져 끊어질 것 같지만 아니다. 줄은 계속 들리고, 바닷물이 매질을 한다. 이러다 인식표를 놓치고 말겠다.

나는 두 눈을 감는다. 집중하기가, 생각하기가 너무 힘들다. 머릿속이 온통 희미하다. 두 눈을 질끈 감고 녀석들이 마구 뿜어대는 물방울들을 막아보려 한다. 그때 꼬리 하나가 내 귀를 후려친다.

여기 살자

녀석들은 이제 내 머리 위로 인식표를 빼내고 있다. 꼬리로는 나를 찍어누른다. 나는 생각한다. 영원히 아픈 엄마. 아빠의 화난 얼굴. 제이미와 학교. 그러자 손가락이 스르르 풀린다.

이윽고 제이디와, 자전거로 내리막길을 내달리던 순간의 느낌과, 패트릭을 생각한다. 그애의 얼굴을 그린다. 지금 내 앞에서 흔들거리고 있는 듯. 내 고글을 똑똑 두드리고 있는 듯. 그애가 입모양을 해 보인다. "메갈라스." 그 평온한 금붕어 같은 얼굴로 아주 천천히 또박또박 말한다.

나는 눈을 뜬다. "메갈라스." 그리고 말한다. "메갈라스, 메갈라스. **멈춰.**"

콰쾅.

녀석들이 황급히 흩어진다. 싱크대에 쏟아부은 반짝이처럼.

나는 풍선처럼 떠오르며 발차기를 계속해 수면 위로 불쑥 솟아오른다.

폐 속 깊숙이 공기를 들이마시고 가슴을 더듬어본다. 인식표가 없어졌다.

너무 강해

수면에서 출렁거리며 숨을 헐떡인다. 바람이 귀를 따끔따끔 쏜다. 가슴팍의 텅 빈 공간을 느낀다. 상관없어. 나 자신에게 애써 말한다. 상관없어, 이제 나왔잖아. 하지만 상관이 있다. 내게 그 인식표는 곧 탈출할 길이었으니까.

심장이 이 바다처럼 요동치는 게 느껴진다. 그게 내 머리마저 집어삼킨다. 주위를 둘러보니 어둡다. 파도 위 달빛 한줄기만이 오솔길처럼, 길을 안내해주는 등불처럼 빛날 뿐. 해안 방면을 찾아보지만 아무것도 보이질 않는다. 빙글빙글 돌고 돈다. 내가 어디에 있는지 모르겠다.

난초사마귀를 생각한다. 난초사마귀가 태어난 후 주어지

는 시간은 이십 분. 그동안 난초사마귀는 나뭇잎 밑에서 몸을 단단히 하고 갈 길을 선택해야 한다. 왼쪽 아니면 오른쪽? 오른쪽. 깡충거미를 피하는 데는 성공했지만 다른 사마귀에게 잡아먹히고 만다. 사마귀는 움직이는 무엇이든 먹어치울 것이다. 생존은 운에 달렸을 뿐이다.

만약 잘못된 방향을 택한다면 해안 가까이가 아니라 멀리로 헤엄치게 될 테다. 해안의 오른쪽 혹은 왼쪽으로 간다면 영영 빙글빙글 돌고만 있겠지. 아닌 길은 세 개, 맞는 길은 단하나. 뭘 골라야 할지 도저히 모르겠다. 어떻게 해야 할지 모르겠다. 너울을 타고 위로 아래로 흔들거린다. 파도가 점점 높아지고 바닷물이 나를 쿵쿵 때린다. 내 모든 곳을 뚫고 들어오면서 귓속과 모든 것들을 잔뜩 채우는데, 이건 너무 심하다.

그러다 고개가 밑으로 처박힌다. 나는 다시 위로 올라와 숨을 꿀꺽꿀꺽 삼킨다. 어떻게 해야 할지 모르겠다. 맞서 싸워보려고, 헤엄쳐 들어가려고 안간힘을 써보지만 파도가 바깥으로 더 멀리 밀어낸다. 패트릭을 생각한다. 만약에 네가 돌아오지 않으면? 춥다. 싸늘함이 아래서부터 기어올라와 뼛속으로 들어간다. 돌아올 수 없게 돼버리면? 돌아올 수 없게 돼버리면?

나는 발차기를 멈춘다. 범고래들이 새끼 혹등고래와 그 어미를 뒤쫓는다. 그것들이 지쳐 나가떨어질 때까지. 새끼 혹등고래가 더이상 버틸 수 없을 때까지. 어미가 새끼를 자기 등 위로 밀어올려 호흡을 시키는 사이에 범고래들이 죄어오며 살상을 준비한다. 나는 포기할까 생각한다.

한 차례 파도가 뒤에서부터 머리를 덮친다. 턱이 눌리며 가슴에 찧다가 무언가 딱딱한 것과 부딪힌다. 호루라기, 아 맞다. 물이 나를 다시 위로 밀어올린다. 호루라기에 손을 대고 꾸욱 눌러보는데 그저 조그맣게만 느껴진다. 그저 어리석게만 느껴진다. 하지만 이것도 운이라면 운이다. 호루라기 줄을 위로 당겨 잠수복 밖으로 꺼낸다. 또 한 차례 파도가 내 손 밖으로, 내 머리 너머로 호루라기를 앗아갈 뻔한다. 하지만 버텨낸다. 손가락이 꽁꽁 언다. 호루라기의 온기가 손가락들을 저릿저릿 깨운다. 호루라기를 움켜잡고 분다.

날카로운 소리가 귀를 찢고 들어온다. 바다가 날 저멀리 밀어보내려 하지만 여의치 않다. 소리의 음계가 너무도 높다. 마치 소리가 물을 뚫고 가르고, 위로 위로 날 들어올리는 것만 같다. 나는 입술이 따끔거릴 때까지 호루라기를 분다.

머리가 웅웅거린다. 물이 고동치며 크르릉 한다.

그때 무언가가 내 발을 쫀다. 쿡쿡 찌르고 내 목을 어루만진다. 내 귀에 대고 속삭인다.

'**크르릉,**' 그것이 말한다.

크르릉

겁먹은 목소리다. 그것이 내 귀를 한 번 쪼고 서둘러 사라진다.

나는 호루라기를 놓고 두 눈을 감는다.

금지

손 두 개가 내 어깨를 움켜잡고 그물째 날 들어올린다. 물고기라도 되는 양 당겨서 끌어낸다. 쿵쿵 진동이 느껴지는데, 알고 보니 내 머리가 울리는 게 아니라 엔진 소리다. 오렌지색 바닥, 공기로 부풀리게 되어 있는 가장자리, 내가 지금 구명보트에 타고 있단 걸 깨닫는다. 크르릉이, 이 보트였다.

머리카락이 없는 남자가 배를 조종하고 있다. 후드를 덮어쓴 채 무전기에 대고 얘기하는 중이다. 다른 남자가 내 가슴에 구명조끼를 둘러묶고 머리에 은색 담요를 덮어준다. "빌리 시엘?" 남자의 말에 나는 고개를 끄덕인다. "거기 혼자 있었니, 꼬맹이?"

내가 다시 끄덕인다.

"어떤 남자애가 신고를 했어." 무전기를 든 남자가 말한다. "익명의 신고자. 너 참 운좋은 놈이다, 응."

"네가 감사해야 할 분은 콜 아저씨야." 담요를 씌워준 남자가 말하며 보트 반대편의 누군가에게 고개를 까딱한다.

"박쥐 귀의 소유자." 무전기를 든 남자가 말한다.

콜 아저씨는 아무 말 없이 그냥 걸어와 내 목에 걸린 호루라기를 들어올리며 고개를 끄덕인다. 그러고는 내 눈을 지긋이 바라본다. 내 눈 안에 그가 볼 수 있는 무언가가 있다는 듯이. 다른 그 누구도 볼 수 없는 무언가가. 우리는 서로를 응시한다.

옆에 있는 남자가 내 팔을 쿡 찌르며 말한다. "준비성이 좋구나, 꼬맹이." 그의 얼굴이 호루라기에 비치는 걸 본다. "그게 네 생명의 은인이다." 지금 패트릭은 어디에 있을까. 나는 호루라기를 잠수복 속에 다시 넣는다. 밥은 어디에 있을까.

콜 아저씨가 주머니에서 응급문진표를 꺼낸다. "물속에 얼마나 있었어?" 나는 어깨를 으쓱한다. 아저씨가 질문들을 읽고 내가 답한다. 체온, 피부색, 호흡. 그의 말들이 엔진의 굉음과 함께 떠내려간다.

나는 통과다.

그들이 무전으로 구급차를 취소한다.

보트가 우릴 싣고 달려 해안으로 돌아간다.

내 '워터월드'가 멀어지는 모습을 바라본다.

뭍에 도착하니 집에 가고만 싶다. 혼자서. 하지만 저들이 그렇게 해줄 리 없다. 우리는 보트 창고에서 등산용 머그잔에 차를 붓고 설탕을 넣어 마신다. 차가 미끄러져 내려가 몸안에서 퍼져나가는 게 그대로 느껴진다.

콜 아저씨가 비스킷을 건네주고, 나는 세 개를 먹는다. "그새 기운을 차렸네." 아저씨가 말하며 다른 이들에게 눈을 찡긋한다. "자 총각들, 꼬맹이를 집에 데려다줍시다."

파란색 랜드로버 뒤에 타고 조약돌 깔린 길을 따라 덜컹거리며 출발한다. 우리의 움직임에 맞춰 파도 위에서 일렁이는 달을 차창 너머로 바라본다.

바다를 부르는 자

바다를 부르는 자

달이 악어바위 뒤로 사라진다. 철창 안 토끼가 된 기분이다. 집에 도착할 때 즈음엔 도망치고 싶어진다.

*

　보트맨들이 날 위층으로 올려보내고 부모님과 얘기한다. 나는 샤워를 하고 플리스로 된 일체형 북극곰 잠옷을 입고 침대로 들어간다. 덥기만 하고 잠이 오질 않는다. 현관문이 닫히고 엄마와 아빠가 올라온다. 두 사람의 굳은 얼굴이 심각해 보인다.

　"해안에서 1.6킬로미터?" 아빠가 말한다. "1.6킬로미터?!" 그러고는 한 손으로 다리를 찰싹 친다. "도대체 무슨 생각이었던 거야?"

　"괜찮았어요. 알아서 잘하고 있었다고요." 나는 대답하며 창밖을 내다본다.

　"그렇지 않았어." 엄마가 말한다. "운이 좋았던 거야. 하느님 감사합니다. 거기 누가 있었길 망정이지."

　"미련하기는!" 아빠가 어디에 어떻게 둬야 할지 모르겠다는 듯 팔을 움직인다. 하나는 허리, 하나는 머리로 간다. "지금 우리가 가진 걱정거리로는 부족했나보지."

　엄마가 아빠를 쏘아본다. "다시는 그러지 마." 그러고는 내 앞머리를 쓰다듬는다.

　"픽도 다시는 안 그러겠다." 아빠가 말한다. "우리도 이젠

널 못 믿어, 그렇겠지? 더는 안 돼. 그렇고말고."아빠는 도
끼질을 하듯 손을 내린다. "이제부터 수영 금지야." 그러고
선 방을 나가며 문을 쾅 닫아버린다. 등번호 46번의 미스터
미닝턴이 프라이팬으로 벽을 냅다 갈긴다. 그는 문을 쾅 닫는
걸 싫어한다.

"좀 자도록 해."머리에 뽀뽀해주며 엄마도 방을 나간다.

나는 두 눈을 감고, 아래층에서 엄마와 아빠가 다투는 소리
를 듣는다. 손가락으로 귀를 막고 이불 속으로 미끄러져 들어
간다. 껍데기 속으로 들어가는 달팽이처럼.

진짜 친구는 얘기한다

일어나 학교에 간다. 나는 달리는 검은코뿔소다. 분노로 가득찬.

금지라니.

데이비드 경이 곁에 있으면 좋겠다. 그러나 그는 자취를 감추었다. 그가 나오는 채널은 이미 끊겼다.

쉬는 시간, 늘 만나던 곳에서 패트릭을 찾는다. 나는 그애를 빤히 쳐다보고만 있다. 패트릭도 질세라 나를 빤히 쳐다본다. "네 물건 내가 챙겼다." 그렇게 말하며 텐트를 건넨다. 전부 깔끔하게 싸여 있다. 내가 받지 않아서 텐트가 바닥에 떨어진다.

"고맙다. 엄청나게 고맙다." 나는 엄-청-나-게를 아주 천천히 발음한다. 패트릭은 혼란스러워 보인다. 쟤가 진짜 멍청한 건지 아님 그냥 멍청한 척하는 건지 알 수가 없다. 나는 전화기를 드는 시늉을 한다. "아 네, 안녕하세요. 저는 익명의 신고자인데요. 누군가의 삶을 좀 망치고 싶어서요."

패트릭이 눈을 가늘게 뜨며 말한다. "숨을 반복적으로 참으면 중증 뇌손상에 걸리는군."

몸을 돌려서 보니 조엘과 베키가 우리를 쳐다보고 있다. 우리는 들판의 저 먼 끝, 늙은 밤나무 옆까지 걸어간다. 누군가가 밤나무의 **레이비스**를 **젤리 베이비스**로 바꿔두었다. 밤나무를 관리하는 로이스턴 아저씨가 그런 걸까. 그 밤나무를 사람들이 다시 좋아해주길 바라는 마음으로.

"너 거기 백만 년 동안 있었다고." 패트릭이 말한다.

"그래서?"

"그래서, 너한테 도움이 필요하다고 생각했어."

"그럼 네 생각이 틀렸네." 틀리지 않았다. 나는 바닥을 내려다본다.

"뒤를 봐달라고 부탁한 건 너야. 그래서 그렇게 해줬고. 아무것도 보이지가 않았어. 완전히 어두웠단 말이야. 네가 어디 있는지조차 보이질 않았다고."

"그래, 이제 더이상 그런 거 해줄 일도 없을 거다." 나는 나무껍질을 길게 한 줄 뜯는다. "이제 물에 못 들어가." 벗겨낸 껍질을 손가락에 감고 바짝 조인다. "다시는."

"이런." 패트릭이 말한다. "미안…… 그럴 거라고는 생각을……"

"그래. 생각을 못했겠지."

"사실은 했어. 네가 죽는 일이 없으면 좋겠다는 그런 비슷한 생각." 패트릭이 뒤로 물러나며 팔짱을 낀다. "그 아래서 진짜로 무슨 일이 있었던 건데?" 그러고는 묻는다. "대체 뭣때문에 그리 오래 걸린 거냐고."

나는 풀밭을 보고만 있다.

"아, 그런데 말이야," 패트릭이 날 정면으로 응시한다. "너희 엄마, 무슨 문제 있으셔?"

"그런 거 없어."

"없다고?" 그애가 날 뚫어지게 쳐다본다. 무언가 다른 답을 기대하는 듯. "나 간다." 그렇게 일어나 가방을 집어든다.

"왜 그러는데?"

"난 우리가 친구인 줄 알았다."

"친구였지." 정신이 오락가락한다. "아니, 친구지."

"진짜 친구는 서로에게 얘기하는 법이야. 진짜 친구는 애기한다고."

"그게 대체 무슨 소리야?"

"나 봤어, 너희 엄마."

피가 얼어붙는다. "언제?"

"네가 고등어들한테 갔을 때. 내가 네 뒤 봐주고 있었을 때." 패트릭이 뒤돌아 나를 똑바로 쳐다본다. "너희 엄마가 지나갔다고. 너네 아빠랑 같이. 휠체어 타고."

뭐라고 말해야 할지 모르겠다. 공식적으로는 할말이 아무것도 없다. 그래서 나는 가장 멍청한 소리를 한다. 그렇게 말하면 모든 게 괜찮아지리라는 듯, 그렇게 말하면 나 역시 그 말을 믿게 되리라는 듯. "그거 우리 엄마 아니야. 분명 다른 사람이었을걸."

"철 좀 들어라." 패트릭이 돌아서더니 떠나버린다. 나는 그애가 들판을 지나 멀리 더 멀리 사라지는 모습을 지켜본다.

두 주먹을 불끈 쥐고 눈을 감는다. "걔들이 같이 살자고 했어!" 패트릭의 뒷모습에 대고 소리친다. "영원히!" 그러나 바람이 그 말들을 어딘가 다른 곳으로 실어간다.

전기 안개

1970년 12월 4일, 비미니제도로 비행중이던 브루스 저넌은 상공을 맴도는 이상한 구름 하나를 목격한다.

브루스 저넌은 그 구름을 넘어보려 했으나 구름이 위치를 바꾸었다. 비행기와 줄곧 동일한 속도를 유지하던 구름이 속도를 높여 앞서나가더니 3500미터 상공에 터널을 만들었다. 그것도 바로 비행기 코앞에다. 피할 방법이 전혀 없었기에 그는 그 안으로 날아들어갔다.

터널 안, 구름 벽이 반시계 방향으로 회전했다. 그러자 비행기의 나침반과 항법장치가 완전히 혼란을 일으키더니 역시 반시계방향으로 회전하기 시작했다.

브루스 저넌은 요동치며 앞으로 나아갔다. 터널 끝에 있을 파란 하늘을 기대하며. 하지만 그런 건 없었다. 모든 것이 잿빛이었다. 그는 잿빛 연무 속을 날았다. 육지도 바다도 하늘도 아무것도 보지 못한 채, 지금 자신이 있는 곳이 어디인지 또 어디로 향해 가는지조차 알지 못한 채.

안개는 가닥가닥 나뉘어 사라졌고, 나침반이 회전을 멈추었다. 마이애미 관제탑이 레이더로 식별하여 그가 마이애미비치의 수직 상공을 나는 중이라고 확인해주었다. 내려다보니 해변이 있었다. 그는 다시 내려다보았다. 그럴 리가 없었다. 마이애미까지의 비행은 보통 칠십오 분이 걸리는데, 그가 비행을 시작한 건 고작 사십오 분밖에 되지 않았기 때문이다.

나는 브루스 저넌을 생각한다. 자신이 어디로 향하고 있는지, 무엇을 향해 가는지 전혀 알지 못한 채 하늘을 날던 그를. 옳다고 믿었던 길이 실은 완전히 잘못된 것이었고, 그 안개 때문에 진로 밖으로, 시간 밖으로 내던져졌던 그를. 머릿속이

너무 뒤죽박죽이라 자신이 어디에 있는지조차 전혀 알지 못
했던 그를.

태풍의 눈

학교가 끝나고 집까지 쿵쿵대며 걷는다.

지나가는 차들이 꼭 고속 모터보트 같다.

크르릉

크르릉

크르릉

그중 하나에 발을 잘못 내디뎌 **깡깡이다**에 얼굴을 들이받힐 뻔한다.

그러나 들이받히진 않는다.

마음속에서 나는 사하라사막, 수 킬로미터에 걸친 열기와 모래와 공허 속을 걷고 있다. 크라카타우산山의 삐죽삐죽한 가장자리를 빙 둘러 날고 있다. 화산이 폭발한다. 원자폭탄 한 개의 위력보다 1만 3000배 세다. 쏟아져나오고 또 끓어넘치는 용암을, 땅에서 부글부글 넘쳐나오는 용해된 암석을 생각한다. 고도를 높여 밖으로 나가 인공위성이라도 된 듯 우주로 들어간다. 닥쳐오는 폭풍우, 상승온난기류 지도 위 그 하얀 소용돌이를 지켜본다. 그것이 플로리다 해안으로 향한다. 가까이, 가까이, 더 가까이. 주택 안, 아파트 안 사람들을 생각한다. 꼼짝없이 갇혀, 갈 곳이라곤 없는 그들을.

우주에서 정신을 차려보니 우리집 현관 계단 위다.

문을 밀어 열고 곧장 층계로 간다.

"어디 가?" 밑에 엄마가 서 있다.

"어디 가는 것 같은데요?" 나는 엄마를 밀치고 지나가려 한다.

"빌리."

"왜요."

"앉아봐."

"왜 그러는데요."

"왜냐면……" 엄마가 계단에 털썩 주저앉는다. "윈솔 선생님이 다녀가셨어."

"언제요?" 바람이 창문을 덜컹이는 소리가, 집을 밀어올리는 소리가 들린다.

"너 없었을 때." 엄마가 내 어깨에 손을 얹는다. 나는 어깨를 튕겨 그 손을 떨쳐낸다. 열 감지 카메라 속 모양을 바꾸는 그 하얀색 소용돌이가 보인다.

"뭐가 문제인지 알 것 같다고 하더구나." 그 말에 나는 마른침을 삼킨다. "음, 이제 안대. 그게 뭔지 안대."

소용돌이가 속도를 높여 다가온다. 가까이, 그리고 더 가까이……

엄마가 일어나 서랍장 쪽으로 간다.

"이걸 출력해뒀어." 그러고선 서랍을 열고 종이 몇 장을 꺼낸다. 거기 이렇게 쓰여 있다. 'ME란 무엇인가?' '만성피로증후군—팩트들.' '설명할 수 없는 것을 설명하기.'

콰쾅! 소용돌이가 해안을 때린다. 바람이 난폭하게 몰아쳐 활활 타오르는 주먹으로 버스정류장을 때려눕히고 야자나무를 뽑아버린다. 엄마가 잡지 한 권을 내민다. 표지에는 누군가가 어떤 나뭇잎 속에 누워 있고, '새로운 패션, 새로운 미래!'라고 적혀 있다. 그것들을 보고 싶지 않다. 나는 미친 카메라맨, 폭풍우 속에 갇힌 채 양손으로 발코니를 붙들고 있는 남자다. 저 바다를 응시하며.

"하나 읽어볼래? 엄마랑 같이?"

"싫어요." 팔을 오므려버린다.

엄마가 읽기 시작하자 나는 손으로 귀를 막는다. "싫다고요!"

데이비드 경을 생각한다. 대피할 곳을 찾아 달리다 벙커로 피신하는 그의 모습을. 내 머릿속에서 그가 한 손을 내민다. 얼굴 주변으로 거친 백발을 흩날리며. 보기 좋고 강한 손이다. 그 손을 잡고 싶다. 그러나 잡지 않는다. 잡을 수 없다. 나는 갇혀버렸다. 그 자리에 꼼짝없이 굳어버렸다.

"엄마한테 그런 이름표가 붙는 거 싫어요. 그건 꼭……"

"꼭 뭐?"

"마트에서 파는 닭 같아요. 죽은 닭. 포장에 이름표가 붙은."

"엄마 안 죽어. 엄마가 죽을 거란 얘기가 아니야." 그러면서 엄마가 내 손을 잡으려 한다. 나는 손을 뒤로 뺀다.

"그 사람들도 그냥 추측하는 거잖아요." 내가 소리친다. "그냥 바보 같은 추측일 뿐이라고요."

사이클론이 그 중심에 날 집어넣는다. 바람이 팔로 내 가슴을 두르고 내 귀를 막아 끝내는 아무것도 들을 수 없게, 모든 것을 흐릿하게 만든다.

위층으로 뛰어올라가 문을 쾅 닫는다. 미스터 미닝턴이 프라이팬을 휘두른다.

그리고 베개에 얼굴을 묻는다.

말랑이다

말랑이다

뒤에서 엄마가 날 부른다. "평생 가는 거 아니야, 빌리. 평생 이렇진 않을 거래."

그러고는 문 밑으로 종이 한 장을 밀어넣는다. 나는 그걸 주워든다. 글자들이 엄청 많은데, 눈에 들어오는 거라곤 가장 위에 있는 몇 개뿐이다. '만성피로증후군에는 치료법이 없다.'

평생 가는 거란 말로 들린다, 내게는.

바람이 창문을 덜컹이고 나는 눈을 감는다. 들리는 거라곤 공기가 이곳저곳을 빨아들이고, 내 머릿속에서 울부짖고, 세상을 박살내는 소리뿐이다.

그리고 그것이 보인다.

쓰나미다. 물고기로 가득한. 물방울 속, 거품 속, 파도 속, 물보라 속 물고기들.

여기 살자

내 얼굴로 뛰어오르며, 그 작은 입에서 물방울을 뿜으며 녀석들이 말한다. 나는 손을 뻗는다.

여기 살자

내가 원하는 건 거기에 있는 것, 그게 전부다. 다시 녀석들과 함께 회전하는 것. 모든 것으로부터 멀어지는 것.

여기 살자

여기 살자

"그래." 내가 소리 내어 답한다. "알았어." 그렇게 말하며 고개를 끄덕인다.

완벽해 보인다.

바람이 목청껏 웃어젖히고 떠난다.

나는 눈을 뜨고 힘껏 끔뻑인다.

녀석들은 사라졌다.

걱정 말아요

손님방 프린터에서 종이를 한 장, 아빠의 '여기 손댈 생각일
랑 꿈에도 않는 게 좋을걸' 상자에서 검은색 로트링 펜을 하
나 챙긴다.

『신경과민 반려견과 살아가는 법』 책을 빨간색 철제 책꽂
이에서 꺼낸다. A4 용지에 딱 맞는 크기여서다. 그리고 욕실
로 들어가 문을 잠근다. 검은색과 흰색 체크무늬 리놀륨 바닥
에 앉아 욕조에 등을 기댄다. 비행 인간을 쳐다본다. 비행하
지 않는 비행 인간. 비행을 기다리는 비행 인간. 절호의 순간
이 오기만을 엿보고 있는 것 같다. 창문으로 냅다 날아오를
그 순간을, 다시 살아날 그 순간을. 플라멩코 휴지걸이를 바

라본다. 거기 달려서 플라멩코를 추는 여자에게 머릿속으로 조언을 구한다. "케 파사, 무슨 일이야?" 그녀가 날 물끄러미 쳐다본다.

첫 줄은 그런대로 쉽다.

사랑하는 엄마, 아빠.

아래는 더 까다롭다. 종이에 펜을 댄 채 앉아 잠시 생각한다. 그 사이 잉크 한 방울이 새어나와 번져간다. 할말이 너무도 많다. 어디서부터 시작해야 할지 모르겠다. 그래서 이렇게 적는다.

저는 수영하러 갔습니다. 죄송해요.

시간이 조금 걸릴 거예요. 얼마나 걸릴지는 모르고요.

제 걱정은 마세요. 전 괜찮을 거예요.

물고기들이 돌봐줄 테니까요.

사랑해요, 빌리가.

그다음엔 그림을 그린다. 지느러미와 꼬리가 달린 콩 통조림이 바다에서 파도 아래 헤엄치는 모습을. 나는 편지를 베개에 기대어 세워놓고 목에 고글을 건 다음 아래층으로 내려간다. 부엌에서 시계가 도요새 소리로 노래한다. 하울링하는 늑

대가 그려진 수건을 집어들다가 그게 필요치 않다는 걸 깨닫
고 다시 내려놓은 후 뒷문으로 빠져나간다.

사라지다

제이디네엔 아무도 없다. 전면창의 말린 불가사리 틈으로 들여다보지만 사람들이 있어야 할 곳에는 그저 커다랗게 텅 빈 공간뿐이다. 아마 보통 사람들처럼 외출을 했겠지.

절벽 산책로를 따라 걷는다. 하늘이 어두워진다. 평평한 구름 조각들이 태양을 감추고 있다. 바람이 구름들을 저리로 밀어내고 지원군을 보낸다. 자갈이 발가락 안으로 그리고 사이로 파고들어온다. 피부에는 온통 닭살이 올랐다.

산책로 아래에 도착하니 차갑게 식은 모래가 발밑에서 바스라진다.

나는 물 가까이 걸어가 멈춰 선다. 데이비드 경은 그 벙커

안에서 안전할까, 아직도 나오지 않은 걸까, 궁금하다. 저 해변을 바라보며 땅속에 사는 비개구리를 생각한다. 비개구리들은 일 년 내내, 마침내 비가 내릴 때까지 땅속에 머문다. 그리고 드디어 땅이 파열한다. 모두가 밖으로 나와 짝을 찾고 그 짝과 함께 다시 땅속으로 내려간다. 인생에서 때로는 타이밍이 전부다. 언제가 적절한 때인지는 그냥 알게 되기도 한다.

나는 뼈바위를 올려다본다. 잘근잘근 씹혀 물속으로 내뱉어진 그 바위를.

저 바위들 위에 한 번도 올라가보질 못했다.

거기 '**위험: 침식 주의**' 표지판에는 빨간색 원 안에 시커먼 손바닥 하나가 그려져 있다. 나는 악어바위를, 바스러져내리는 부분을, 온통 떨어져나가고 닳아 없어진 그 바위를 올려다본다. 발가락을 넣을 구멍이, 손가락을 넣을 틈들이 보인다. 그리고 생각한다. 저 위로 올라가자. 오늘은 물속으로 걸어들어가지 않을 거다. 때가 되었다. 나는 뛰어내릴 것이다.

뼈들 사이, 가운데에 구멍이 하나 있다. 입수 안전 지점, 악어바위 입에서 피가 뚝뚝 떨어지는 곳. 뛰어내려서 그곳을 친다면 괜찮을 것이다. 만약 거길 벗어난다면 바위 위, 박살이다. 피터 라이든이 작년 여름에 해봤다고, 자기가 해냈다고 모두에게 말하고 다녔다. 본 사람은 아무도 없지만.

바람이 내 등을 쿡쿡 쑤신다. 어서 해 그럼, 바람이 말한다, 어서 해.

몸을 돌려 해변의 가장자리로, 악어바위 밑으로 걷는다. 위쪽 돌들로 손을 뻗어 잡을 곳이 있는지 더듬어본다. 바위가 갈라지는 곳에서 벌어진 틈을 하나 찾아내 그 안에 손가락들을 밀어넣은 다음 몸을 끌어올린다. 발이 허우적거리며 어딘가 디딜 곳을 찾아 헤맨다. 앞으로 튀어나온 얇은 바위 하나, 최대한 공간을 확보하기 위해 양발을 옆으로 해서 그 위에 올린 뒤 손으로 잡을 곳을 새로 찾는다. 그리고선 몸을 당겨올리는데 손이 미끄러지며 팔꿈치가 까지고 피가 나기 시작한다. 나는 발가락들을 단단히 조이고, 틈을 더 꽉 움켜지고, 배를 납작하게 당기고, 바위 표면에 몸을 바짝 밀착시킨다. 다시 올라간다. 돌무더기가 빗발치듯 굴러떨어지며 여기저기를 때린다. 내 심장이 미쳐간다. 손가락을 조금씩 조금씩 움직여 꼭대기의 가장자리에 올린다. 아래는 보지 않는다. 그리고 반대편 손도 올려놓는다. 몸을 팔꿈치로 끌어당기고 호흡한 후 다시 당긴다. 그렇게 꼭대기에 가슴을 털썩 내려놓고 두 다리를 저어올린다. 무릎을 보니 피부가 하얀색이다. 하늘을 보니 구름이 보라색이다.

데이비드 경을 찾아 주위를 둘러보지만 그는 아무 말도 없고 어디에도 없다.

절벽 너머를 내려다보며 흰뺨기러기를 생각한다. 그들이 어린 새끼들을 보호하는 유일한 방법은 120미터 높이에 둥지를 만드는 것이다. 절벽 위에.

알에서 부화한 새끼들이 아상아장 낭띠러지로 향한다.

아빠 흰뺨기러기가 저멀리 날아올라 새끼들을 부른다. 새끼들은 아래를 내려다보고는 뒷걸음질친다. 아빠의 부름을 따르지 않는다.

엄마 흰뺨기러기 차례다. 엄마가 저 밑바닥으로 날아간다. 목청껏 소리치면서. 새끼들이 낭떠러지로 더 가까이 다가온다. 새끼들은 아직 날지 못한다. 앞으로도 팔 주 동안은 못 날 것이다. 그러나 절벽 위에는 먹이가 없다.

새끼들이 낭떠러지로 더 가까이 온다. 더 가까이. 뛰어내려야 한다.

엄마 흰뺨기러기가 다시 소리친다.

그 부름에 새끼들이 따른다. 자신들의 엄마가 아닌가. 따라야만 한다.

첫번째가 낭떠러지에서 거꾸로 떨어진다. 추락하면서 날개를 파닥여 몸이 떨어지는 걸 늦춰보려 한다. 바위에 배부터 부딪힌다면 살 수도 있다.

모르겠다.

두번째가 간다. 첫번째보다는 낫다. 배부터다. **탁**. 홱 뒤집힌다. **탁 탁 탁**. 바닥까지 가는 내내 기울어지고 뒤집어지길 계속한다. 움직이지 않는다. 아직은.

세번째가 간다. **탁**, 기우뚱, 홱, **탁**.

중간쯤까지 내려간다.

마지막이 뛴다. 지금까지 중 최고다. 완벽한 낙하. 여기저기 **탁탁**거리고 부딪히지만 결국 목적지에 닿는다. 마침내 바닥에 도착해 일어나고, 비틀거리지만 괜찮다. 정말로 괜찮다.

움직이지 않던 녀석도 일어난다. 상태가 좋아 보이진 않지만 그래도 살아 있다. 녀석이 엄마에게로 간다. 지금 곧바로 자릴 뜨지 않으면 여우들이 나타나 생존자들을 먹어치울 것이다. 어서 움직여야 한다.

나는 다시 낭떠러지 너머를 내려다본다. 그냥 거기, 절벽에 서 있다. 거친 숨을 내쉬며.

"빌리!"

순간 펄쩍 뛴다. 아래로는 아니다. 뒤로 물러나 주위를 둘러보니 뭔가가 보인다. 누군가다. 절벽 저쪽 끝에 웅크려앉아 있다. 검은색 상의, 검은색 바지, 검은색 외투를 입고.

"야, 빌리." 패트릭이다. "폭풍우 확률 98퍼센트야. 일기예

보 확인 안 했어?" 후드 아래 그애의 얼굴이 시커멓게 보인다. 기겁할 노릇이다.

"그래서 뭐?"

"걔들이 영원히 같이 있자고 했다며?"

패트릭이 그 말을 들었으리라고는 생각지 못했다. 나는 아래로 떨어질 뻔한다.

"미쳤어, 너." 패트릭이 말한다. 나는 그애의 눈썹을 본다. 너에게 내가 필요할지도 모르겠다고 생각했지만, 그걸 내 입으로 말하는 일은 절대 없을 거다, 라고 얘기하는 눈썹이다.

구름이 한데 뭉쳐 부풀어오른다. 바다도 더이상 고요하지 않다. 조수가 몰려와 파도가 해안을 때리고 모든 것을 긁어간다. 조개, 돌, 모든 것들을. 그리고 거칠게 다시 내려놓는다. 들고 난다. 다시 또다시.

허리케인 카트리나를 떠올린다. 어찌나 강력했는지 미국 비상 전력망 전체를 가동시켰던 태풍. 어찌나 거칠었는지 160킬로미터에 달하는 해안가를 갈가리 찢어놓았던 태풍.

나는 저 아래 물보라를 내려다본다. 물고기들의 쓰나미가 보인다. 제이미, 파도 위로 솟아오르는 범고래 같은 그애의 얼굴이 보인다. 윈솔 선생님이, 치료법은 없다는 말이 보인다. 조리대 위 아빠의 머리, 바닥에 떨어져 있는 아빠의 티 타월,

침대에서 울고 있는 엄마. 휠체어가 보인다. 사라져가는 엄마, 투명한 무언가로 서서히 옅어졌다가 결국 흔적도 없이 사라지는 그 모습이 보인다. 루이지애나, 미시시피, 앨라배마의 해안지대가 보인다. 콘크리트 바닥에서 뽑혀나온 이정표들이 창문을 박살내고, 홍수로 넘친 물이 끝없이 불어나 거리를 덮치는 모습. 거꾸로 뒤집혀 흔들거리는 자동차들. 그리고 내 고등어들이, 그 평온하고 고요한 허무가 보인다. 그게 어떤 느낌인지 보인다. 거기 있다는 게, 그들 중 하나라는 게, 보살핌을 받는다는 게.

"일단 널 손에 넣으면 놔주려 들지 않을 거야." 패트릭이 말한다. "그 물고기들 말이야."

"그렇지 않아." 내가 대꾸한다. "돌아올게. 나중에."

"거기서 너 말고 다른 사람 본 적 있어?" 패트릭이 몸을 일으켜 걸어와 내 앞에 선다. 그애의 머리카락이 앞으로 훅 날리며 얼굴을 덮는다. "가라앉고 말거야. 빠져 죽을 거라고." 폭풍우에 맞서 소리친다. "넌 그냥…… 사라지고 말 거야."

바람 주먹이 가슴과 등을 쿵쿵 때린다. 어서 해, 그러면서 말한다. 어서 해, 어서 해. 하늘이 콰쾅 소리를 내더니 섬광이 번쩍인다. 우리 둘 다 위를 본다. 아주 잠깐, 온 세상이 멈춘 듯하다. 우리는 폭풍의 눈 안에 있고 비가 시작된다. 강하게 그리고 세차게. 굵은 빗줄기, 정말로 크고 토실토실한 빗방울들. 나는 파도의 하얀 거품에 빗방울들이 튕겨오르는 모습을 바라본다.

패트릭이 주머니에 손을 가져가자 나는 물러선다. "뭐하는 건데?"

"뭐 같아?" 그렇게 말하며 우리의 손목에 수갑을 한쪽씩 채운다. "꼭 가야겠다면, 나도 데려가야 할 거야."

지다

나는 패트릭을 쳐다본다. 또다른 섬광, 이번엔 가깝다. 정말로 가깝다. 너무도 맑고 밝아 눈을 멀게 한다. 두 눈을 다시 떴을 때, 패트릭이 비틀거리는 게 보인다. 수갑을 차지 않은 팔을 빙글빙글 돌리며 균형을 잡으려 안간힘을 쓴다. 그러면서 몸이 앞으로 기운다. 내가 손을 뻗어보지만 너무 늦었다.

추락한다.

엎치락뒤치락하며 우리가 간다. 아래로 또 아래로. 갈매기 둥지들을, 바스러지는 절벽 가장자리들을, 그 잿빛 위를 수직으로 달리는 하얀 얼룩들을 지나. 나는 뼈바위에 머리부터 떨어지는 상상을, 머리가 쪼개져 벌어지는 상상을 한다. 아주 잠시 바람이 우리를 잡아주는 듯, 우리를 그 손에 담아서 내려주는 듯하다. 나는 패트릭을 꼭 붙들고 두 눈을 감는다. 등을 단단히 굳혀 껍질로 만들며 충돌을 준비한다.

첨벙. 우리의 등짝이 수면을 때린다.

안전 지점이다.

수면 아래로 내려가는 동안 숨을 내쉬자 우리 주변으로 물방울들이 마구 피어오른다.

패트릭이 완전히 겁에 질려서는 있는 힘껏 팔다리를 저으며 허우적대기 시작한다. 나는 팔을 둘러 그애의 가슴을 잡는다. 인명구조 수업에서 배웠던 그대로. 그러고선 끌고 올라가 물 밖으로 고개를 꺼낸다. 패트릭은 내 손에 익사할 것 같은 생각이라도 드는 듯 반항한다. 두려움에 정신을 놓아버린 모양이다. 내 몸이 가라앉는 와중에도 나는 그애를 꼭 붙들고 있다. "그만, 그만해." 그리고 할 수 있을 때마다 소리를 지른다. 물에 빠진 사람이, 그 안의 두려움과 공포가 어떻게 구조자를 저 밑으로 끌고 들어갈 수 있는지 생각한다. 나는 패트릭의 가슴을 붙잡고 당기면서 바위를 차고 올라간다. 외투와 부츠와 바지가 머금은 바닷물이 그애를 아래로 끌어당긴다. 내 발뒤꿈치로 그 부츠를 차서 벗긴다.

파도가 점점 커지면서 바위를 때리는 소리가 들린다. 한번은 타이밍을 잘못 잡아 입안 가득 물을 먹는다. 소금기에 목이 막히지만 나는 고개를 꼿꼿이 든 채 발차기를 계속한다. 우리 밑에 있는 땅이 얼마나 깊은지 느낀다. 중력이 우리를 잡아당긴다. 그리고 조수가 밀어낸다. 우리가 나가주길 원하는 것처럼, 피부가 가시를 밀어내듯이. 그렇게 우리를 다시 해변에 올려놓으려 한다. 또다른 쾅 소리, 곧바로 이어지는 번쩍임을 느낀다. 머리 위에서 폭풍우가 쾨쾅 한다.

패트릭이 너무 무거워 내 팔에서 계속 미끄러진다. 그애의 다리가 허우적댄다. 나는 그애의 고개를 들린 상태로 유지하려고 안간힘을 쓴다.

그리고 몸을 완전히 뒤로 눕혀 그애의 몸 아래에 무릎을 넣고 물 밖으로 들어올리려 애쓴다.

할 수 있다, 할 수 있다, 할 수 있다. 머릿속으로 계속 되뇐다. 다시 또다시.

하지만 할 수 없다.

지고 있다고 느낀다. 나도 안다, 그렇다는 걸.

패트릭은 아직도 허우적거리고 있다.

우리는 가라앉기 시작한다.

머리가 물속에 잠기는 바로 그때다. 내가 녀석들을 보는 건. 그 어둠 속에서.

기다랗고 마치 촉수 같은 은빛 띠 한 줄.

오고 있다. 곧장 우리에게로.

내게로.

지금 아니면 절대

첫번째 녀석이 등 아래에서 느껴진다. 다음 녀석은 팔 아래, 그리고 목, 발, 머리에서. 내려다보니 무리 전체가 우릴 휘감고 있다.

물이 물고기로 걸쭉하다.

나는 고개를 비틀어 패트릭을 본다. 허우적거리기를 멈췄고 눈이 감겼다. 머리카락이 흩날리고 팔다리는 사방으로 뻗어 있다. 물이 우리를 당기고 민다. 밑에서는 모래폭풍이 인다. 갈기갈기 찢긴 식물과 돌과 조개껍데기가 어지럽게 떠다닌다.

깡깡이다

녀석들이 외치며 수갑 줄 부근에서 우우 흩어졌다가 수갑 고리에 다시 모여 쳐다본다. 빤히 바라보는 수백 개의 눈들. 혼란에 빠져 있다. 녀석들이 내 손을 쑤신다. 수갑 줄을 쑤신다. 밥이 패트릭을 보고서 다시 날 본다.

눈이 없어

밥이 말한다. 무리 전체가 뒤로 물러나 바들바들 떤다.

눈이 없어

녀석들은 패트릭이 죽었다고 생각한다.
눈꺼풀이 있는 물고기는 상어가 유일하다.
밥이 날 본다. 나쁜 소식이라도 전하는 듯.

분홍 물고기

빠른 어둠

눈이 없어

빠른 어둠이 패트릭의 눈을 파먹었다고.

유감스럽지만 원래 다 그런 거라고.

녀석들이 무리 지어 패트릭 주변을 헤엄친다. 나는 그애의 손을 놓지 않는다.

눈이 없어

눈이 없어

모두가 읊조린다.

나는 밥을 쳐다보고, 녀석은 패트릭을 쳐다본다. 녀석이 우리 손을 본다.

싫어 패트릭

싫어 분홍 물고기

싫어

갈게

싫어

녀석이 말한다. 무리 전체가 날 본다.

여기 살자, 녀석들이 말한다.

여기 살자

여기 살자

그러면서 패트릭을 저리로 밀어내기 시작한다.

"하지 마!" 내가 소리치지만 아무도 듣지 않는다.

수갑 줄이 팽팽히 당겨지고 패트릭이 떠내려간다.

번쩍.

멀리서 번갯불이 웅웅거린다.

모두가 멈춘다. 모두가 그 빛을 쳐다본다. 내 눈에 부유물이 들어온다.

바다를 부르는 자

녀석들이 말한다.

바다를 부르는 자

바다를 부르는 자

쾅쾅.

천둥이 친다.

물고기들이 다시 시작한다. 밀어, 밀어, 밀어.

녀석들이 패트릭을 아래로 밀어낸다.

나는 녀석들을 저리로 차버리려 한다. "안 돼! 안 돼!"

끝도 없이 나타난다.

수백.

수천의 녀석들이.

여기 살자
여기 살자

  녀석들이 말한다. 일제히. 그리고 패트릭 주변으로 바글바글 몰려든다. 너무도 겹겹이 둘러싸고 있어 더이상 그애의 얼굴이 보이지 않는다. 나는 생각한다. 그애가 얼마나 용감했는지. 아니, 용감한지. 여기까지 온 건 오로지 날 돕기 위해서였다. 그애가 이런 일을 당해선 안 된다. **툭.** 수갑이 플라스틱처

럼 부러지고 만다. 녀석들이 날 반대편으로. 저 바닷속으로
민다.

"싫어." 내가 고개를 젓는다.

싫어.

나는 녀석들에게서 등을 돌린다. 여기서 영원히 녀석들과
살 수는 없는 거다.

패트릭을 살려야 한다. 그애에게로 헤엄쳐 가 손을 뻗는다.

번쩍.

새하얀 빛이 바다 전체를 뚫고 들어온다. 빛줄기가 아니다.
빛 폭탄이다. 녀석들이 잔뜩 겁먹은 듯 보인다.

녀석들이 뒤로 물러난다. 패트릭이 보인다. 가라앉고 있다.
천천히. 아래로 또 아래로. 줄이 모조리 끊어지고 만 꼭두각
시 인형처럼. 나는 그애의 손을 움켜잡고 우리를 위로 끌어당
긴다.

말랑이다, 녀석들이 말한다.

말랑이다

녀석들이 숨고 싶어한다.

우리는 여길 벗어나야 한다. 해변으로 가야 한다.

"가자."

가자? 밥이 말한다.

"가자." 내가 말한다.

녀석들이 서로를 쳐다본다. 고개를 오른쪽으로 홱. 왼쪽으로 홱.

가자, 밥이 말한다.

가자

가자, 녀석들이 말한다.

그렇게 우리는 간다.

빠르게.

내가 느리고 약하다는 걸 느낀다.

녀석들은 그렇지 않다. 녀석들은 날고 있다.

녀석들은 근육과 뼈야, 나는 생각한다. 나랑 똑같다. 근육과 뼈. 머릿속으로 되뇐다.

　근육과 뼈

　근육과 뼈

　나는 근육과 뼈다.

　엉덩이에서 무릎으로, 무릎에서 발목으로, 발목에서 발로 길게 뻗어 있는 근육을 느낀다. 나는 이것을 위해 태어난 몸이다.

　어깨에서 팔꿈치, 팔꿈치에서 손목, 손목에서 손까지 느껴본다. 손을 똑바로 펴고 손가락을 구부려 물을 쥔다. 그리고 밀어낸다. 나로부터 멀리. 우리로부터 멀리.

　나는 근육과 뼈다.

　나는 근육

　그리고 뼈다.

　그림자와 바다안개와 흐릿한 것들을 차고 나간다.

깡깡이다

우리는 흩어져 바위를 통과한다.

　　　　말랑이다

그리고 해류를 비켜간다.

　　나는 너무 느리다. 해류가 날 뒤로 밀어낸다.

다시 팔다리를 젓는다.

310

말랑이다

계속 팔을 뻗는다.

깡깡이다

계속 팔을 당긴다.

자갈과 울퉁불퉁 지형과 날카로운 것들 위를 아슬아슬 움직인다.

손을 휘둘러 저리로 밀어낸다.

말랑이다

우리는 모래연기 속으로 잠수한다. 모래에 얼굴이 갈린다.

발차기.

다리가 아프다.

팔 젓기.

팔이 끊어질 것 같다.

패트릭이 너무 무겁다. 그애의 가슴에 두른 손의 위치를 바꾼다. 그애의 갈비뼈에서 손이 자꾸 미끄러진다.

발차기, 팔 젓기, 발차기.

번쩍.

빛이 가르고 들어온다.

나는 눈을 깜빡인다.

물이 걸쭉하고 컴컴하다.

여기가 어디쯤인지 전혀 모르겠다. 녀석들이 저리로 멀어진다.

평영 발차기로 바꾼다.

그래봤자 손톱만치 더 나갈 뿐이다.

너무 느리다.

냉정함이라는 상어가 내 배를 문다. 더이상은 갈 수 없다. 녀석들의 번쩍임이 멀어진다.

머리가 무겁다. 나와 패트릭이 바닥에 가라앉는 모습을 생각한다.

빙글빙글 회전하며.

눈송이 소년들.

이리저리 비틀리며.

그리고 착지.

　　그리고 부패.

　　　　그리고 백골화.

그리고 먹장어들이 미끄러져 들어오고 나가며 우리를 깨끗이 발라먹는다. 하얗고 빛나는 뼈가 될 때까지.

모래 속으로 가라앉는 뼈.

그리고 그냥 사라진다.

패트릭이 옳았다. 우리는 사라질 것이다.

그애의 갈비뼈에 대고 있는 손을 물이 자꾸만 밀어낸다.

내 머릿속은 어둡고 길고 터널로 가득하다. 그중 하나로 미끄러져 내려간다. 그 따뜻하고 어렴풋한 평온 속으로.

말랑하고 유연하다.

꼭 손가락 같다. 한줄기 빛. 달 같은 빛.

그것이 날 끌어당긴다.

　　바다를 부르는 자

바다를 부르는 자

그래. 부유한다.

　　흘러간다.

내가 쓰러진다.

　　그리고 우리는 추락한다.

가자

쿠쿵.

밥이 내 얼굴을 찰싹 때린다. 눈을 뜬다.

물꼬기 소년?

눈꺼풀이 다시 감긴다.

눈이 없어, 눈이 없어

밥이 내 귀를 잘근잘근 깨문다.
나는 녀석을 쫓아버리려 한다.

콰쾅.

녀석이 내 코를 후려친다.

아야.

아야!

녀석이 뱉은 물방울이 내 뺨을 핥는다.

"알았어, 알았어." 나는 빛 속으로 눈을 깜빡여 뜨고 주위
를 둘러본다.

모든 것이 흔들린다.

아래를 본다. 우리는 바닥, 해저에 있다.

위를 본다. 저 불타오르는 은빛, 큰빛나를. 수면은 너무도 가까워 금방이라도 만질 수 있을 것만 같다. 하지만 나는 할 수 없다.

갇혀버렸다.

패트릭이 내 등 위에 있고, 내 뺨은 모래에 묻혀 있다. 무릎을 대고 몸을 일으키려 해본다. 양손으로 바닥을 밀다 다시 쓰러지고 만다.

도움이 필요하다. 우리가 필요하다.

"우리." 내가 웅얼거린다. 그 말 주위로 한 움큼 모래가 구름처럼 날린다. 밥이 들어주면 좋겠다.

녀석은 헤엄쳐 사라져버린다.

그럼 이걸로 끝이군.

고등어 따위 절대로 믿지 마라.

나는 고개를 묻는다. 미간으로 흙이 파고든다.

눈을 감는다. 다가올 어둠을 준비한다.

위로, 밥이 돌아왔다. 간절한 눈들과 함께.

위로, 녀석이 내 귀청에 대고 소리친다.

눈을 드니 녀석들 전부가 보인다. 그 반짝이는 군대가. 작지만 강하다.

우리.

물고기 머리 수백 개가 모여든다. 아니, 수천 개다.

내 몸 아래로 바짝 붙는다.

위로, 밥이 말하고 녀석들이 밀어올린다.

녀석들은 물고기 만능 집게다.

모래가 아래로 잡아내린다.

해저는 우리를 보내줄 생각이 없다.

창문 위에 붙여놓은 흡착고리처럼 미끄러지기 시작한다. 밑에 깔린 조개껍데기들에 배가 쓸린다. 어서, 나는 생각한다. 어서.

위로, 밥이 말한다.

위로, 모두가 말한다.

나는 고개를 위로 들고서 팔과 다리로 밀어보려 애쓴다.

위로

위로

녀석들이 끌어올리고 나는 밀어올린다.

드디어 움직이기 시작한다.

거의,

　　　　　거의,

　　　　　　　　거의······

탁.

됐다.

우리 아래에서 모래가 소용돌이친다.

나와 패트릭이 물고기들의 머리 위에 아슬아슬 얹혀 있다.

위로, 밥이 말한다. **위로,**

위로, 내가 활짝 웃는다. 위로!

계속 위로 들린다.

떨어질 거라고 생각하지만 그러지 않는다.

나는 두 다리를 아래로 내린다. 패트릭이 허공에서 어부바를 하는 자세로 내게서 떨어져나간다. 이제 그애의 머리는 큰 빗니에 있다.

정수리에서 빗방울이 통통 튄다. 바람이 어깨와 뒷목을 깨문다. 나는 고개를 들지 않고 아래를 내려다본다.

녀석들이 짓눌려 있다. 녀석들에게 이곳은 위험하다. 빠른 어둠들에게 붙들려 올라가기 십상이다. 지금 녀석들은 겁먹었다. 그리고 날 쳐다본다. 떠나고 싶지만 떠날 수 없는 슬픈 강아지 같은 눈으로.

"말랑이다." 내가 말하며 팔을 흔든다. 녀석들이 안전하면 좋겠다.

녀석들은 가야만 한다.

그런데 그러질 않는다.

물꼬기 소년, 녀석들이 말한다.
물꼬기 소년

       물고기 소년

물고기

녀석들은 우리를 깨려 들지 않을 것이다. 날 떠나지 않을 것이다. 하지만 그래야만 한다.

"말랑이다." 내가 말하며 가리킨다. "말랑이다." 또다시 섬광이 번쩍인다. 녀석들이 서로 더 바짝 붙는다.

말랑이다, 녀석들이 말한다.

말랑이다

말랑이다

녀석들이 나를 바라본다. 눈을 동그랗게 뜨고서. 내가 고개를 끄덕이고, 녀석들은 뒤돌아 떠난다. 다시 미숲을 찾아서. 우리를 숨기기에 안전한 장소를 찾아서. 단 한 마리를 제외한 모두가.

밥이 나를 빤히 쳐다본다. 나도 밥을 본다. 빗방울이 쉭쉭댄다.

"가." 내가 말한다.

녀석이 가지 말았으면 좋겠다.

나는 심장에 손을 가져다댄다.

아야? 녀석이 말한다.

"아야." 내가 끄덕인다.

우리는 서로를 바라본다. 또다른 번쩍임이 일면서 바다가 네온 빛으로 변한다. 그리고 녀석은 사라졌다. 우리로 돌아갔다. 나는 자꾸만 미끄러지는 패트릭을 들쳐메고 새로운 나를 향해 걸어나간다.

그저 착각

패트릭을 가능한 한 멀리 옮겨 모래 위에 내려놓는다.

두 눈은 여전히 감겨 있다.

빗방울이 우리의 머리를 뚫고 들어온다.

패트릭을 회복 자세로 눕힌다. 심폐소생술 수업에서 배운 대로. 옆으로 눕힌 뒤 한쪽 팔이 가슴을 가로질러 모래 위에 놓이게 한다. 그리고 이름을 계속해서 부른다. "패트릭, 패트릭." 손가락을 입안에 넣는다. "일어나, 일어나." 그애의 혀를 움직이고 기도를 확보한다. 아무 일도 일어나지 않는다.

가슴을 압박하며 입에 공기를 넣는다.

"어서!" 그애의 등을 냅다 친다.

왈칵, 물과 모래를 토해낸다.

"너 때문에 입에 모래가 한가득이다." 목소리는 느리고 탈진한 듯 들리지만, 그래도 살아 있다. 분명히 살아 있다. 오, 망할, 기적이다. 나는 그애 위로 뛰어올라 부둥켜안는다. "사람 죽겠네." 패트릭이 쿨럭이며 외친다. 함께 데굴데굴 구르다 마침내 멈췄을 때, 나는 모든 걸 놓아버린 정신 나간 사람처럼 웃는다.

등을 대고 누운 우리 얼굴에 물이 톡톡 튄다.

"어떻게 된 거야?" 패트릭이 묻는다. 소금기에 목이 멘다.

"모르는 게 나을 텐데."

"네가 날 구했어."

"아니, 네가 날 구했지." 그애의 눈을 들여다본다. "고마워."

패트릭이 어깨를 으쓱하며 얼굴에서 빗방울을 닦아낸다.

나는 고개를 들어 하늘을 본다. 구름이 저리로 밀려가 바다로 빠져나간다.

날이 개기 시작한다.

"내가 거기 있으리란 걸 어떻게 알았어? 악어바위 위에?"

"마술은 대개 가능성에 관한 것이거든. 준비 정신이 제일 중요하고." 패트릭이 말한다. "네가 나타나리란 건 알고 있었어. 다만 그게 언제일지를 몰랐을 뿐." 그러면서 일어나 앉는다. 손 밑으로 소매가 길게 늘어져 있다. "4부터 8 사이에서 하나 골라봐."

"어림없어." 손가락 총을 만들어 내 머리를 쏜다.

"보여줄 게 있어서 그러는 거거든. 알겠냐."

"알았다, 알았어!" 나는 모래 위에 벌러덩 드러눕는다. "5." 머리를 굴리는 수고 따위 하지 않는다. 혹은 패트릭이 어떻게 머리를 굴릴지에 대해 머리를 굴리지도 않는다.

패트릭이 소매를 걷어올리고, 물이 모래 위로 뿜어져나온다. 네가 5를 고를 줄 알았지롱이라고 쓰여 있다.

"아이고 놀라워라." 나는 온 힘을 다해 천천히 말하며 죽은 체한다.

"일어나." 패트릭이 내 다리를 쿡쿡 쑤시며 말한다. "다른 쪽 소매 밑을 봐."

"왜?"

"그냥 보기나 해." 나는 몸을 굴려 반대쪽 소매를 올린다. 네가 4를 고를 줄 알았지롱이라고 쓰여 있다. 이건 놀라운 거 맞다. 내 눈썹 표정을 감추려고 애쓴다. "바지." 패트릭이 말한다.

"진짜?"

패트릭은 그저 바지를 가리킬 뿐이다. 왼쪽 다리에 네가 8을 고를 줄 알았지롱이, 오른쪽 다리에 네가 7을 고를 줄 알았지롱이 있다. 너무도 간단하고 너무도 뻔한 건데. 그럴 거란 생각을 왜 단 한 번도 해본 적이 없는지 도저히 이해를 못하겠다.

"준비 정신." 패트릭이 말한다.

"그건 대체 언제 써둔 거야?"

"전에." 그러면서 모래에 발을 묻는다. "혹시 모르니까."

"미쳤구나." 내가 대꾸한다. "좋은 쪽으로." 그애의 어깨에 다정스럽게 펀치를 먹인다. 그리고 내 가슴 위, 더이상 인식표가 없는 그곳을 만져본다. "물고기들이 인식표를 가져갔어. 미안."

"괜찮아!" 패트릭이 손을 젓는다. "물고기는 감지능력이 있잖아." 그러고는 양손으로 머리를 받치고 일어나 앉는다. "메기는 몸에 2만 7000개 이상의 미뢰를 가지고 있지."

"사실 물고기들 거의 대부분이 온몸에 미뢰를 가지고 있어. 바다표범은 600미터도 더 떨어진 곳을 지나는 물고기떼를 감지할 수……"

"그리고 말이지. 강철 손가락……" 패트릭이 손가락을 편다. "영국 특수부대 훈련 덕분이야. 아빠가 군대에 계셔. 우리가 항상 이사 다니는 것도 그 때문이고."

"아."

"너 내가 왜 마술을 배웠는지 아냐." 그 물음에 나는 고개를 젓는다. "사람들이 날 좋아하게 하려고."

"모두가 널 좋아해."

"모두는 아니지." 패트릭이 고개를 숙이는 바람에 얼굴이 보이지 않는다. "난 이사가 싫어. 정말 싫어."

"아." 무척 놀랍다. 패트릭은 항상 행복하고 자신만만해 보이는데. 모든 것이 그저 착각일 뿐이다. 눈썹이 모든 걸 말해주는 것도 아니고. "너 정말로 수영 좀 배워야겠다. 혹시 모르니까. 영원히 사라지고 싶은 생각이 들 때를 대비해서."

패트릭이 자세를 바로잡고 미소 짓더니 날 어찌나 세게 밀어버리는지 내 머리가 모래 이랑에 부딪히고 튕겨나와 지렁이 똥 무더기에 처박힌다.

내가 패트릭을 당겨 함께 넘어지면서 그애의 머리도 통통 댄다.

우리는 나란히 누워 하늘을 바라본다. 하늘이 엄청 커 보인다. 웃음을 짓자 내 머리가 두둥실 떠오른다. 우리는 비록 육지에 있지만 하늘을 날고 있는 것만 같은 기분이다.

저 구름에서 느닷없이 데이비드 경의 얼굴이 튀어나온다. 미친듯이 그리웠다. 그를 안아주고 싶다. 그는 지금 가장 잘 어울리는 파란색 셔츠를 입고 있다. 그리고 만면에 웃음을 짓는다. "자연의 가장 위대한 승리는 믿음의 도약과 함께 시작됩니다. 비행. 중력을 거스르는 그 비범한 능력 덕분에 진화가 태동하고 천상의 왕국이 건설되었지요."

어색하지만 괜찮아

비가 그쳤다. 우리는 자리에서 일어나 앉는다.

패트릭이 얼굴에 붙은 모래를 떨어낸다. "걔는 내일 보겠네, 그럼."

"누구?"

"밥."

"그렇게는 안 될걸. 고등어들은 10월에 이동하잖아."

"갔다가 돌아올지도 모르지."

"어쩌면."

"빌리!"

눈을 드니 저기 절벽 꼭대기에서 소리치고 있는 엄마와 아빠가 보인다. 엄마가 휠체어에서 일어나 계단을 내려오기 시작한다. 엄마에겐 전쟁 같은 일이다.

얼른 달려가 엄마를 맞는다. 엄마를 더 걷게 하고 싶지 않다. 엄마의 목덜미에 내 젖은 얼굴을 묻는다.

"다신 그러지 마 절대." 반은 화나고 반은 안도한 목소리다. "편지 읽었어. 난 네가⋯⋯" 엄마가 울기 시작한다. "사랑해." 그렇게 말하며 날 너무 꼭 껴안아 숨을 쉴 수가 없다.

"괜찮아요, 엄마. 괜찮아요." 나도 엄마를 안아준다.

아빠가 뒤따라온다. "다신 안 돼, 빌리. 절대." 아빠가 말하면서 우리 둘을 꼬옥 붙든다. 한 마리 도마뱀붙이처럼.

패트릭이 다가온다. 모래를 가로질러 민달팽이 자국 비슷한 걸 남기며 왔다. 엄마가 소매로 눈가를 닦는다. 그리고 우리 팔목의 망가진 수갑을 본다. "너희들 도대체 무슨 속셈이었던 거야?"

"해리 후디니." 내가 말한다.

"빌리가 제게 수영을 가르쳐주고 있었어요." 패트릭이 둘러댄다. 엄마가 패트릭의 몸에 치렁치렁 걸쳐진 옷들을 본다. 운동복 상의가 무릎까지 늘어져 있다. "인명구조용 수영이요."

"뭐, 그거면 설명이 다 되는 것 같네." 엄마가 말한다.

"패트릭, 우리 엄마야. 엄마에겐 ME가 있어." 내가 말한다. 새로운 내가 차오르는 것을 느끼며. 엄마와 아빠가 서로에게 눈짓하며 각자의 눈썹 높이를 유지하려 애쓴다.

"아, 그거 제 사촌한테도 있어요." 패트릭이 말한다.

"진짜?"

"응. 뭐 지금은 정말 잘해나가고 있지만." 패트릭에게 그런 얘기 한 적 없잖아라는 눈빛을 보내자 그애가 물어본 적 없잖아라는 눈빛을 되돌려준다.

"그러니까 넌 그 생명체를 검은 늪지대에서 찾았겠구나." 우리의 눈빛 사이에 끼어들며 아빠가 말한다. "그걸로 떼돈을 벌 수 있다니까. 박물관, 순회공연, 괴짜쇼 같은 걸로."

"댄!" 엄마가 아빠를 때린다. 아빠는 엄마를 어깨에 들쳐 메고 달리며 "라아아아아아" 소리친다.

계단 맨 위, 엄마가 휠체어에 앉아 우리에게 혹시 몰라 가져왔다는 수건을 건넨다.

나는 수건으로 몸을 감싸고 아빠 옆에 서서 난간 너머를 내다본다. 모래, 바다, 만, 그 너머를. 호주 벙글벙글산맥 근처 오지에 있는 데이비드 경을 생각한다. "우리 개개인과 지구상 모든 동물들을 하나로 이어주는 이야기가 있습니다." 그가 말한다. "그건 모든 것을 통틀어 가장 위대한 모험, 바로 삶을 헤쳐나가는 여정에 대한 이야기지요." 바위왈라비 한 마리가 통통 튀어간다. 길들여지지 않은 채 자유롭게.

아빠가 내 머리에 똑똑 노크를 한다. "그 안에서 무슨 일이 벌어지고 있는지 말해주면 5파운드 줄게." 그렇게 말하며 미소를 짓고선 내 어깨에 팔을 두르고 내게 기댄다. 아빠의 가슴은 뜨겁고 보드랍다.

나는 용기를 낸다. 저 안에서부터 새로워진 나를 느낀다. 올 오어 너핀.• "아빠, 제이미 와츠가 제 나이키를 훔쳐갔어요."

"알아."

"알고 계셨어요?"

"응." 아빠가 윙크한다. "네가 직접 말해주길 바랐을 뿐이야."

"왜요?"

"네가 준비되어야 우리가 뭔가를 해볼 수 있으니까. 그애가 지금껏 널 괴롭혔니?"

벤의 체육복 바지를, 제이미가 숨겼던 헨리 앳킨슨의 풍경風聲을, 그애가 방과 후 벌칙을 벌써 열 번은 받았다는 사실을 떠올린다. "걘 그런 짓으로 유명해요. 말하자면 모두를 괴롭

• '모 아니면 도'를 뜻하는 '올 오어 낫싱'(all or nothing)과 같은 의미.

히거든요."

"그래서 어떻게 하고 싶니?" 아빠가 내 어깨에 손을 올린다. "나이키를 되찾고 싶어?"

"아뇨." 고개를 가로저으며 그 노동 착취의 현장을 생각한다. "있죠, 그걸 만든 사람들은 대가를 하나도 못 받아요." 내가 말한다. "끔찍해요. 완전히 잘못된 일이라고요."

"맞아."

"어쨌든, 제게 생각이 있어요."

"좋아." 아빠가 뱅 & 블래스트 전용 손가락 총을 만든다. "어디 한번 말해보실까."

*

집으로 돌아가는 길, 구름을 뚫고 나온 태양이 모든 것 위에서 빛난다. 슬그머니 집집마다 들어갔다 나오며. 빈 공간들을 온통 채우며. 혹시 휠체어를 교대로 밀어볼 생각이 있는지 아빠가 묻는다. 어색하지만 괜찮다. 우리는 '존스 코너숍'에 잠깐 들른다. "월급날이지롱." 아빠가 말하며 안으로 사라진다.

나와 패트릭과 엄마는 가게 입구의 계단 옆, '당신도 주인공일 수 있습니다'라고 적힌 파란색 복권 간판 근처에서 기다린다. 사람들이 우릴 지나쳐 가게 안으로 들어간다. 그들은 우리가 거기 있다는 것조차 눈치채지 못한다.

그리고 저기 길 중턱에 제이미가 보인다.

그애가 길을 건넌다. 우리 쪽으로.

손에 땀이 난다. 뭐라도 해야 한다. 뭐라도 해야만 한다. 곁에 일당 없이 혼자인 그애는 매우 다르게 보인다. 지금은 목줄 채운 스코티시테리어 한 마리와 함께다. 아빠와 미소 앵그리를 생각한다. 데이비드 애튼버러 경이 말한다. "위협적인 상황이 벌어지면 수컷 실버백고릴라는 맹렬히 자기 가슴을 치며 초목을 닥치는 대로 내던집니다." 지금 내게 초목은 없다. 그런데 나는 고등어도 아니다. 다시마숲도, 안전한 도피처도 찾지 않는다.

제이미가 다가온다. 가까이 더 가까이.

나는 갓돌의 개수를 센다.

셋……

패트릭을 보며 양손을 가슴에 갖다댄다. 팔꿈치는 밖으로, 주먹은 안으로. 패트릭이 나를 보고 저기 제이미를 본다. "실버백?" 하고 묻는다. 나는 고개를 끄덕인다.

둘……

패트릭이 주먹을 위로 가져가고, 우리는 가슴을 쾅쾅 치기 시작한다. 거세게. 주먹은 날고 가슴은 쿵쾅인다. 딱 좋을 정도로 시끄러운 소리다. 도로 저편 꼬마가 핸드폰을 주머니에 넣고 돌아본다. 얼룩말무늬 횡단보도 옆에 서 있던 녀석 하나가 자전거에서 내린다. 컬리월리 과자를 든 남자 둘이 하던 말을 멈추고 쳐다본다.

하나.

얼굴을 마주보고, 눈을 마주치며.

내가 패트릭을 보고 고개를 끄덕인다. 뜨거운 맛을 보여주자. 우리는 포효한다. 우리의 목소리가 튀어나와 저 너머로, 위로 또 아래로, 그리고 핸드폰을 가진 꼬마의 귓속으로 들어가 자전거를 탄 녀석의 목구멍 속으로 내려갔다가 컬리월리에 뽕뽕 난 구멍들 전부를 들락날락한다. 심지어는 엄마도 손으로 귀를 막는다. 그 소리는 이렇게 말하고 있다. 참을 만큼 참았어.

제이미가 보기 좋게 펄쩍 뛴다. 그애의 개가 짖는다. 제이미는 주위를 둘러보며 개에게 닥치라고 한다. 개는 닥치지 않는다. 목줄을 홱 잡아당기자 개가 제이미의 다리를 물어버린다.

우리는 멈춘다. 귀가 웅웅대고, 목구멍이 따끔거린다. 제이미는 당황하지 않은 듯 보이려고 안간힘을 쓴다. 그렇게 다리를 절뚝거리며 길 아래로 사라진다. 패트릭이 나를 쳐다보고,

우리는 코에서 콧물이 나올 정도로 신나게 웃어젖힌다.

아빠가 가게에서 나온다. 지금껏 본 중에 가장 커다란 '캇첸충엔' 상자 무더기를 들고. 패트릭과 나는 한 쌍의 웃음물총새처럼 웃고 있다. "너희들 괜찮아?" 아빠가 물으며 길 아래의 제이미를 보고 다시 우리를 본다.

패트릭이 날 본다. 나는 엄마를 본다. 엄마의 눈썹이 행복한 놀라움으로 가득하다. 우리 모두는 아빠를 본다. "네." 내가 말한다. "우리 완전히 돌았어요." 손등으로 코를 닦는다. "괜찮아요."

아빠가 한쪽 눈을 찡긋하며 내 어깨에 손을 올린다. 초콜릿 상자들을 엄마의 무릎 위에 놓은 뒤, 아빠가 우리 뒤를 쫓아 커톤 스트리트를 얼마나 빠르게 내달리는지 엄마는 양손도 모자라 턱까지 동원해 상자를 붙들고 있어야 한다.

집에 도착해서 나와 패트릭은 따뜻한 물로 샤워한다. 패트릭에게 수작업으로 들소를 그려넣은 운동복과 블랙진을 빌려준다. 함께 아래층으로 내려가니 아빠가 피시 앤드 칩스를 가져온다. 부엌에서 천국의 향이 난다. 내 거엔 튀김 부스러기도 담고 소금과 식초를 삼중으로 친다. 잇몸을 톡톡 쏠 때까지.

"기절하게 맛있네." 카레 소스에 감자튀김을 푹 담그며 아빠가 말한다.

엄마가 점보 소시지 하나를 나눠준다. "우리 가족 전통. 번들번들, 입술크림을 절약하게 해줘요."

"느낌이 좀 이상하지 않아?" 패트릭이 가까이 다가와 내 접시를 가리킨다. "물고기를 먹는 게?"

"난 식인종이거든." 손가락을 핥으며 내가 말한다. 우리는 바닥에 깔린 종이를 제외하고 전부 먹어치운다.

그후, 아빠는 거실로 가서 제목에 ME가 들어가는 노래를 몽땅 골라 튼다. 〈락 위드 ME〉〈원 츄 테이크 ME 투 어 펑키 타운〉〈세이 어 리틀 프레이어 포 ME〉 등등. 그리고 우리는 춤을 춘다. 나는 상당한 막춤 댄서다. 그건 패트릭도 마찬가지다. 우리 중 누구도 서로를 보지 않는다. 다들 그저 지금 자신이 하고 있는 것에 몰두할 뿐이다. 세상이 밝게 그리고 눈부시게 회전하는 것 같다. 아빠도 술탄스 오브 핑 에프씨의 〈웨얼스 ME 점퍼〉에 맞춰 휠체어에 탄 엄마와 춤을 추고, 나와 패트릭은 윗옷을 벗어 아무렇게나 내던진다. 엄마는 소파로 가 카멜레온 쿠션에 머리를 뉘인 채 웅크려앉아 웃는다. 그리고 우리의 춤이 계속되는 사이에 잠든다. 아빠가 더 큐어의 〈클로즈 투 ME〉를 고른다. 내가 사랑하는 노래다. 이 노래의 뮤직비디오가 생각난다. 그들 모두가 들어 있는 옷장이 절벽에서 떨어져 바다로 들어가는데도 그들은 연주를 계속한다. 심지어는 가라앉으면서도. 우리가 이리저리 출렁이는 그들이라고 상상해본다. 그리고 생각한다. 엄마가 언제쯤 나아질지, 언제쯤 모든 것들이 괜찮아질지 모르지만, 그 비밀이 내 가슴을 떠난 지금 나는 더 가볍고 괜찮다고. 행복하다고. 헤드뱅잉하는 패트릭을 보며, 나는 정말로 오랜만에 온전히 두둥실 떠오르는 느낌이 든다.

나침반 오작동

나침반이 자북 대신 진북*을 가리키게 만드는 곳은 지구상에 딱 두 지역밖에 없다. 버뮤다 삼각지대와 악마의 바다(일본 연안). 어떤 사람들은 이것이 문제의 원인이라고, 이로 인해 나침반 오작동이 발생하고 그 결과 선박과 항공기가 항로를 이탈하는 것이라고 말한다.

그러나 또다른 사람들은, 실제로 항법사들이 항로를 정할 때 항상 자기편차를 보정 처리하도록 되어 있으며, 계산상 오류로 항

● 자북은 나침반 바늘이 가리키는 북극, 진북은 북극성 방향을 의미한다.

로를 이탈하는 일은 다른 어디서나 또 누구에게나 일어날 수 있는 일이라고 지적한다.

다시 말하면, 여전히 우리는 아무것도 모른다는 것이다.

제비들이 머릿속에 나침반을 가지고 있듯이, 어쩌면 우리도 그와 비슷할 거라는 생각을 한다. 때로 우리 머리는 무언가를 잘못된 방식으로 본다. 나침반 바늘이 홱홱 뒤집히며 잘못된 방향을 표시하듯. 지금 북쪽을 보고 있다고 생각하지만 실은 아닌 거다. 지금껏 내내 남쪽을 보고 있었던 거다. 몸을 한 바퀴 빙 돌려 저 반대쪽에서 바라보면 모든 게 다르게 보인다. 완전히, 말 그대로, 전적으로 다르게. 머릿속으로 퍼핀-너핀 머그에 그려진 퍼핀에게 묻자, 녀석은 그저 정어리 한 마리를 먹으며 말한다. "골치 아파, 맨, 골치 아파."

겨우 시작일 뿐

이게 내 세계의 불가사의 과제의 마지막에 쓴 내용이다. 나는 '슈 페어' 매장에서 산 새하얀 운동화를 신고 등교해 아히라 선생님의 책상에 과제를 내려놓는다. 사실 꽤 두꺼워 보이긴 한다. "와우!" 선생님은 그 과제물을 마치 잃어버린 도시 아틀란티스에서 온 고블릿 잔이라도 되는 양 들어올린다. 그리고 내게 칭찬 카드 두 장과 학생 복권 한 장을 준다.

나는 나침반을 리셋한 새로운 머리를 장착하고 교실에 들어간다. 모든 것이 다르게 보인다. 그동안 내내 내가 잘못된 방향을 가리키고 있었다는 듯. 그리고 생각한다. 우리가 모든 것을, 서로를 얼마나 두려워하는지. 일을 말아먹고, 멍청하게 비춰지고, 비웃음당하는 것을 얼마나 두려워하는지.

미술 수업이 끝나고 벤에게 진짜 말을 건넨다. 누군가의 옆에 앉으면서 그 사람에 대해 전혀 아는 게 없다는 것도 참 놀라운 일이다.

"안녕."

"안녕." 그애가 답한다. 뭔가 수상쩍어하는 눈썹이다.

책상으로 눈길을 내리니 그애가 그리고 있는 '클론 트루퍼'가 보인다. 그걸 가리려는 찰나에 내가 말한다. "완전 멋지다 그거."

"고마워. 머리 각도가 좀 틀어졌어."

"내 운동화에도 뭐 하나 그려줄래?" 책상 위에 발을 올린다.

"정말?"

"응. 네 그림들은 진짜 대단해."

"스케치를 먼저 해봐야 할 텐데. 뭘 그려줄까?" 벤이 말한다.

"화가 선생님 마음대로."

벤이 어깨를 으쓱한다. "뭔가 물고기와 관련된 걸로 가야 할 듯하다."

쉬는 시간에 넬슨 선생님이 미술실을 쓸 수 있게 해준다. 나는 책상 위에 발을 올리고 앉는다.

"얼마나 걸릴까?"

"조금."

백만 년 걸린다. 벤은 먼저 크기와 디자인을 결정하기 위해 종이에 스케치를 몇 가지 해본다. 그런 다음 신발 위에 밑그림을 그린다. 그리고 잉크를 입힌다. 작업이 진행되는 내내 나는 신발에 발을 넣은 채로 앉아 있다. 중간에 발을 빼려고도 해봤지만 그러면 신발 가장자리가 너무 찌그러진다.

"다 됐어." 벤이 마침내 말하고선 뒤로 물러나 눈을 가늘게 뜨고 자기 작품을 본다. 완전 끝내준다. 벤이 고개를 끄덕이며 살짝 웃는다. "나쁘진 않네." 벤은 내가 아는 사람들 중 최고의 완벽주의자일 거다.

그뒤로 학교 애들 모두가 '슈 페어'에서 새하얀 운동화를 사온다. 처음 며칠이 지나니 넬슨 선생님이 우리를 미술실에서 내친다. 운좋게도 '추락의 벽'은 신발 그림을 그릴 때 앉기에 딱 좋은 높이다. 벤의 디자인은 하나하나가 독특하다. 그 신발을 신는 저마다의 주인공들처럼. 벤은 아이들을 특별하게 하는 것들, 아이들 자신을 자신답게 하는 것들을 그린다. 그 그림들은 정말 멋지다.

'추락의 벽'은 북적이는 장소가 된다. 아이들은 신발이 완성된 뒤에도 그냥 거기 머물며 함께 어울린다. 해리, 셰인, 토드, 리오, 알렉스, 세라, 제이디. 기분이 이상하지만, 그래도 끝내준다.

주말에 패트릭에게 사실상 최초의 수영 강습을 해주고 제이디네로 걸어올라간다. 이제야 깨닫는다. 이렇게 보아도 저렇게 보아도 이 길은 절대 지름길이 아니라는 걸. 그저 내 마음이 원하는 길이었을 뿐이다. 나의 자북.

제이디가 보인다. 혼자다. 손을 흔들더니 전면창의 새조개 옆에 얼굴을 갖다붙인다. 흡혈귀를 그려넣은 새 운동화를 신고 있다. 유리를 두드리기에 내가 그쪽으로 간다. 제이디가 창문을 연다.

"신발 멋지다."

"고맙." 한 짝엔 뱀파이어, 다른 한 짝엔 늑대인간이다. 털과 뚝뚝 떨어지는 피와 날개들. "둘 중 하나를 고르고 싶지가 않았거든. 둘은 사실 적이잖아. 옛날부터."

"나라면 늑대인간을 골랐을 거야."

"그래, 그런데 개네는 날지를 못하니까."

"뱀파이어들은 하울링을 못하고."

제이디가 어깨를 으쓱한다. "할 수 있지. 연습만 한다면. 아주 많이."

"개네 둘 다 좋아." 둘이 동시에 말한다.

제이디가 웃으며 양쪽 신발들을 대화시킨다. "화해?" 뱀파이어가 묻는다. "어림없다." 늑대인간이 답한다.

"저런, 저런."

"그치."

제이디가 청바지를 만지작거린다. "내 생일에 중국 음식 먹으러 갈 건데. 올래?" 처음으로, 홍당무가 된 게 나 혼자만이 아니다.

마음속에서 데이비드 경이 열두줄극락조를 가리킨다. "구애는 일종의 게임과 같습니다." 수컷 열두줄극락조가 나무기둥을 무대로 오르락내리락 폴댄스를 추며 부리로 암컷을 쿡쿡 쑤신다. 스위치를 눌러 데이비드 경을 끈다.

"그래. 고마워."

창문 틈으로 팔을 쑤셔넣자 제이디가 손등에 자기 전화번호를 적어준다. "토요일에 보자."

"그사이에 좀비들이 세상을 점령하지 않는 한." 제이디가 말하며 웃는다.

"그래, 그러자." 함께 웃는다. "그런 일이 일어나지 않는 한." 나는 손을 흔들고 발걸음을 옮긴다.

일단 제이디네 집을 벗어나고부터는 검은가시꼬리이구아나만큼 빠르게 걷는다. 발을 움직인다. 바람처럼, 번개처럼, 지금껏 봐온 '맨발인데다 나침반을 리셋한 소년' 가운데 내가 가장 빠르다는 듯이.

미래

엄마와 함께 휠체어를 꺼낸다.

양옆을 접은 다음 현관 계단 아래에 쿵 내려놓는다.

엄마가 현관문을 닫는다.

우리는 서로를 바라본다.

"준비됐어요?" 내가 물으며 휠체어 뒤에 서서 손잡이를 잡는다.

"모르겠어." 엄마가 얼굴을 찡그린다. "오늘 아침에는 힘이 좀더 난단 말이지." 그러면서 말한다. "잠깐이라도 그냥 좀 걷게 해주면 안 돼?" 엄마가 날 쳐다보고, 우리는 둘 다 웃음이 터진다. 엄마가 할 수 없다는 듯 눈을 흡뜨고는 휠체어에 앉는다.

거리의 끝까지 간다. 오른쪽으로 꺾고 왼쪽으로 꺾는다. 나는 꽤 능숙하다. 커브만 제외하면. 보라색 코트를 입은 노부인이 다가오더니 내 팔을 잡는다. "가로등 기둥만큼 강하구나." 그렇게 말하며 휘파람을 분다. 그리고 뒤이어 타잔 소리를 한 번 내더니 다시 걸음을 재촉한다.

우리는 절벽 산책로에 도착해서 멈춘다. 자갈 위에서는 휠체어를 밀기가 너무 힘들다. 엄마가 왼쪽 손잡이를, 내가 오른쪽 손잡이를 맡는다. 빈 의자를, 그 빈 공간을 바라보며 우리는 나란히 걷는다.

내가 눈길을 떨어트린다.

"엄마……"

"응."

"그게……"

"응?"

"그게 사라져버렸으면 좋겠어요." 애꿎은 손톱을 뜯는다. "ME요. 엄마가 사라지는 건 싫어요." 엄마가 내게 팔을 두르고 나는 엄마의 가슴에 기댄 채 우리는 멈춰 선다.

"잘 들어봐." 엄마가 말한다. "들려?"

"뭐가요?"

"나Me."

귀를 기울이자 엄마의 심장소리가 들린다. **쿵, 쿵, 쿵,** 계속 된다. **쿵, 쿵, 쿵.** "들려요. 엄마가 들려요."

"좋아." 엄마가 나를 꼬옥 안는다. "엄마는 아직 여기 있거 든. 이 안에. 이 안에서 엄만 준비가 되어 있어. 기다리고 있 어. 밖으로 다시 터져나올 때를." 그러면서 숨을 내쉰다. "그 리고 그렇게 될 거야. 그렇게 만들 거야."

엄마가 내 머리를 헝클어트린다. "눈을 감아봐."

"왜요?"

"원솔 선생님이 그러시는데 엄마에겐 시각화가 필요하대."

"그게 뭔데요?"

"그냥 눈을 감아봐."

엄마가 먼저 눈을 감는 것을 확인한 후 나도 두 눈을 감는 다. "뭐가 보여?" 엄마가 묻는다.

아무것도 보이지 않는다. "아무것도요. 어둠. 까만색." 내 살갗 속 피가 보인다.

"더 열심히 봐. 더 열심히 생각해보고." 우리는 둘 다 그냥 거기에 서 있다. 내 몸이 흔들흔들한다. "난 네가 보여. 너와 내 가 보여. 해변의 우리가. 날씨는 맑고, 난 내 수영복을 입었네."

"빨간 물방울무늬 있는 거요?"

"응, 빨간 물방울무늬 있는 거. 그리고 넌 갯민숭달팽이 수영복을 입고 있어. 나한테 물 튀기지 마." 엄마가 말한다. "네가 지금 엄마한테 물 튀기고 있잖아."

"아닌데요."

"맞는데요."

"엄마가 먼저 튀겼잖아요."

엄마가 팔꿈치로 날 툭 친다. "어쨌든 상관없어. 다 괜찮아. 어차피 물에 들어가는 중이니까."

"저도요."

"차갑다." 엄마가 말한다. "하지만 정말, 정말 파래."

"맞아요."

"그리고 우리는 헤엄치고 있어. 다시, 함께. 한 쌍의 바다표범처럼."

"돌고래들처럼."

"그리고 우리는 헤엄쳐 가. 악어바위를 향해서."

"악어바위를 지나서."

"알았어. 악어바위를 지났다가 다시 돌아와. 그리고 아빠가 수건을 들고 서 있네."

"그리고 홉놉스 비스킷도요." 햇살이 내 두 눈을 온통 금빛으로 물들이는 걸 느낄 수 있다. 함께인 우리, 뛰고 웃는 우리가 보인다. 아빠가 우리 머리를 전기톱으로 써는 시늉을 하고, 우리는 서로의 몸 위로 쓰러져 죽느라 모래에 커다란 더미로 쌓이며 깔깔거린다.

"엄마……"

"응."

"이제 눈 떠도 될 것 같은데요."

"좋아. 그럽시다."

우리는 눈을 뜨고 거기에 그대로 선 채 내다본다. 이 세상을, 일어날 수도 혹은 일어나지 않을 수도 있는 모든 것들을. 어떻든 괜찮다.

때로 햄스터들은 커다란 톱밥 더미 속에서 몸을 웅크려야 하고, 미어캣들은 저 구멍 아래로 전력질주해야 하며, 붕장어들은 바위틈으로 꺼냈던 머리를 다시 당겨넣어야 하고, 장수풍뎅이들은 데이지 안에 누워 꽃잎을 머리 위로 동그랗게 말고 추위를 이겨내야 한다. 긴긴 밤을 거쳐 아침이 올 때까지.

삶은 깡깡이다와 말랑이다로 가득하다.

나는 '물고기 소년'이다. 내 마음은 마치 파도처럼 오르내린다. 내 생각은 마치 바다처럼 들고 난다. 나는 '물고기 소년'이다. 나는 나다.

ME에 대하여……

영국에서는 약 25만 명의 사람들이 ME로 고통받고 있다.

ME는 근육통증성뇌병증Myalgic Encephalopathy*을 의미한다.

증상은 개인마다 상이하다.

경우에 따라 에너지 결여, 근육통, 집중력 상실, 수면 장애
등이 나타날 수 있다.

다른 중증 질병에 시달리고 난 후 발병하는 사례도 있고,
때로는 그냥 발병하기도 한다.

---

* '만성피로증후군'이라는 병명으로 널리 알려져 있으나, 질병의 심각성이 간과
되기 쉬운 병명이라는 점에서 '근육통증성뇌병증' 등으로 불러야 한다는 주장이
있다.

치유법도, 효과적인 치료법도 없다.

ME는 아직도 상당 부분이 미스터리로 남아 있다.

ME에 관한 더 많은 정보를 원한다면 ME 환자를 위한 행동 모임의 웹사이트 www.afme.org.uk가 훌륭한 출발점이 되어줄 것이다. 여러 유용한 정보와 인터넷 링크 등을 얻을 수 있다.

물고기어 사전

깡깡이다 딱딱한 것 전부. 피해야 하는 것.

말랑이다 부드러운 것 전부. 헤엄쳐 통과할 수 있는 것.

웅이다 음식. 먹을 수 있는 모든 것.

어라? 정체를 알 수 없고 멈칫하게 하는 어떤 것에 대한 미심쩍은 감정.

아야 아야.

큰빛나 해수면.

빠른 어둠 고등어를 잡아먹는 새. 하늘에서 큰빛나를 향해 내려오는 그림자.

크르릉 보트.

눈이 없어 죽음.

우리 무리.

바다를 부르는 자 달.

분홍 물고기 빌리가 만들어낸 물고기어로 인간을 의미.

감사의 말

작품에 포함시키지는 않았지만 까마귀에 대해 데이비드 애튼버러 경이 언급한 정말 기가 막힌 사실이 하나 있다. "도시에서 까마귀들은 견과를 물어와 얼룩말무늬 횡단보도 위에 떨어트립니다. 지나가는 자동차가 껍질을 부수도록 한 다음, 신호등에 초록색 사람이 뜨면 깡충깡충 뛰어가 알맹이를 먹습니다."

내가 무척 사랑하는 이 이야기는 책과 글쓰기에 대해 생각하게 한다.

책은 너무도 딱딱해 부수기 힘든 견과다.

그래도 괜찮다면, 여기까지 오는 내내 내게 힘을 주고 이 작품의 일부가 되어준 모든 이들에게 약간의 시간을 들여 감사의 말을 전하고 싶다. 바라건대 앞으로 신호등에 초록색 사람이 뜰 때, 우리 모두가 행복하게 들썩이며 춤췄으면 한다.

삐, 삐, 삐! 만세!

감사합니다:

크리스, 톰, 월프, 트윙스, 창, 그리고 버저드 갱.

팸 매슈스.

케이티 & 찰리 다비빌리스.

리처드 존스.

데이비드 앨먼드. 진정한 영감의 원천과 어느 면에서나 사랑스러운 사람이 되어주었음에.

넓은 어깨 & 전염성 강한 열정을 지닌 미스터 벤 일리스와 끝내주는 BIA 가족들. 여러분과 함께여서 무척 행복해요!

특별한 인내와 친절과 배려를 베풀어준 레아 색스턴, 나오미 콜트허스트, 너태샤 브라운, 리지 비숍, 에마 엘드리지, 해나 러브와 파버 출판사의 귀중한 팀 전원.

집필을 지원해준 클래어 맬컴, 애나 디슬리, 그리고 '뉴 라이팅 노스'의 모두. 더하기 '노던 라이터스 어워드'라는 훌륭한 상이 존재한다는 사실 자체! 환상적입니다!

뉴캐슬대학교 문예창작 석사과정과 교수님들, 특히 앤 코

번, 윌리엄 파인스, 헬렌 리몬, 숀 오브라이언, 그리고 마거릿 월킨슨. 더불어 장학금을 지원해준 AHRC. 여러분이 아니었다면 전 지금 이 자리에 있지 못했을 거예요.

내 모교 & 핵삼의 글쓰기 동료들. 한 인간이 기대할 수 있는 최고의 지원을 해주었음에: 질, 엘리너, 수, 제이미, 존, 애니 H, 이언 그리고 아누스카, 데비, 웬디, 실비아, 베르니 그리고 마거릿.

슬기로움과 천재성, 아낌없는 응원을 보내준 린다 프랑스.

내 사랑스러운 큰언니와 M & D.

내 생애 최초의 글쓰기 스승님들, 정말 멋진 페니 그레넌과 재닌 우드.

언제나 거기 있으면서 조력 혹은 친절 혹은 포옹을 건네준 모든 멋진 분들. 그리고 정말 슬프게도 지면이 허락지 않아 일일이 언급하지 못한 모든 분들.

고마워요,

여러분 모두

정말, 정말, 여러 모로.

옮긴이의 말

　클로이 데이킨은 2016년에 첫 장편소설 『널 만나러 왔어』를 출간한 이래 꾸준히 청소년 대상 소설을 써오고 있는 작가다. 그는 디자이너이자 극작가, 교사로도 활동하고 있다. 흥미로운 소재, 간결하고 힘있는 문체, 섬세한 묘사, 청소년 문화에 대한 관심과 애정, 풍부한 은유와 창의적인 언어유희 덕분에 그의 작품들은 읽기에 즐겁고 상당히 색다르다. 저마다 설움을 가진 어린 주인공들이 미스터리한 상황에 맞닥뜨리고 갖가지 시행착오를 거쳐 인생을 헤쳐나갈 지혜와 용기를 얻는 과정은 청소년 독자뿐만 아니라 성인 독자에게도 깊은 울림을 주기에 충분하다.

『널 만나러 왔어』는 데이킨이 뉴캐슬대학교에서 문예창작을 공부하던 당시 집필한 작품으로, 2014년 노던 라이터스 어워드를 수상했으며, 청소년 소설의 대가인 데이비드 앨먼드, 프랭크 코트렐 보이스, 루이스 새커, R. J. 팔라시오에 견줄 만한 데뷔작으로 극찬받았다. 시름시름 앓는 엄마와 못살게 구는 동급생 때문에 심경이 복잡한 내성적 아이가 일련의 사건을 거치며 삶의 새로운 가치와 희망을 배운다는 설정에는 언뜻 새로울 게 없어 보이기도 하지만, 여기에 '말하는 고등어'라는 기상천외한 소재와 사랑스러운 캐릭터들, 빛나는 유머가 더해지면서 성장소설의 전형성을 멋지게 탈피했다는 평가를 받는다.

정면돌파보다는 회피와 포기가 더 익숙한 소년 빌리. 열두 살 아이의 내면이 너무 어두운 것은 아닌지 불편함을 느끼는 독자들이 있을지도 모르겠다. 하지만 제아무리 순수와 천진난만으로 대표되는 동심이라 한들, 어찌 인생이 밝고 맑을 수만 있으랴. 데이킨은 아이들 마음속의 혼란과 불안과 어둠을 외면하거나 덮어두기보다는 오히려 똑바로 응시하고 드러내는 편을 선택하는 것으로 소통의 물꼬를 트고자 한다. 실제로 어느 인터뷰에서 그는 이 작품을 통해 아이들에게 자신이 가진 '문제'와 '감정'에 대해 터놓고 이야기해도 괜찮다는 말을 해주고 싶었노라 밝히기도 했다.

더불어 주목할 만한 부분은 빌리의 주변을 채우는 '선한 어른'들의 존재다. 비록 아이의 눈에 가끔은 바보 같고 우스꽝스럽게 비치기도 하지만, 그들은 힘든 현실 속에서도 서로에게 응원을 보내고 웃음의 가치를 망각하지 않으며, 아이에게 물을 것과 묻지 않을 것을 구별하여 기다려줄 줄 안다. 이렇듯 선한 어른들과, 빌리를 우리의 일원으로 품어준 고등어들과, 믿고 의지할 수 있는 친구 패트릭이 있어 빌리는 외롭지 않다. 머릿속 나침반을 리셋하고 새로운 미래로 나아가기까지의 성장통 또한 마냥 아프고 괴로운 것만은 아니다.

『널 만나러 왔어』 속 아이들의 말과 행동을 보다 사실적으로 그리는 데는 데이킨의 두 아들이 큰 도움이 되었으며, 극에 재미를 더하는 일부 소재들은 실제 경험에서 가져온 것이라고 한다. 앞으로 성인 대상 작품을 쓸 계획은 없느냐는 질문에는 아들들의 성장에 발맞춰 보다 높은 연령의 독자들을 대상으로 한 소설을 쓰게 될지도 모르겠다고 답했다. 아이들을 향한 애정과 일상의 생동하는 경험들을 촘촘히 엮어 한 편의 아름다운 성장 스토리로 만들어내는 저력을 가진 그이기에, 무럭무럭 자라는 자녀들과의 경험 속에서 또 어떤 기발한 소재들을 건져올려 또 얼마나 새로운 세상을 보여줄지 더욱 궁금하고 기다려진다.

강아름

지은이 **클로이 데이킨**

영국의 소설가. 뉴캐슬대학교에서 문예창작 석사학위를 받고 극작가, 디자이너, 교사로 활동하고 있다. 2017년 발표한 데뷔 장편소설 『널 만나러 왔어』로 이듬해 브랜퍼드 보스 상 최종 후보, 카네기 메달 상과 UKLA 문학상 후보에 올랐다. 이 데뷔작을 통해 청소년문학의 대가인 데이비드 앨먼드, 프랭크 코트렐보이스, 루이스 새커, R. J. 팔라시오에 비견할 작가라는 극찬을 받았다. 영국 노섬벌랜드에서 남편과 두 아들과 함께 생활하며 작품활동을 계속하고 있다.

옮긴이 **강아름**

이화여자대학교에서 신문방송학·사회학을 전공하고 동대학교 통역번역대학원 번역학과를 졸업 후 전문 번역가로 활동하고 있다.

문학동네 세계문학

널 만나러 왔어

초판 인쇄 2019년 6월 25일 | 초판 발행 2019년 7월 10일

지은이 클로이 데이킨 | 옮긴이 강아름 | 펴낸이 염현숙

기획·책임편집 고선향 | 편집 김정희 이현정
디자인 김이정 이주영 | 저작권 한문숙 김지영
마케팅 정민호 정진아 함유지 김혜연 박지영 김수현 | 홍보 김희숙 김상만 이천희 오혜림
제작 강신은 김동욱 임현식 | 제작처 상지사

펴낸곳 (주)문학동네
출판등록 1993년 10월 22일 제406-2003-000045호
주소 10881 경기도 파주시 회동길 210
전자우편 editor@munhak.com | 대표전화 031) 955-8888 | 팩스 031) 955-8855
문의전화 031)955-8862(마케팅) 031)955-1917(편집)
문학동네카페 http://cafe.naver.com/mhdn | 트위터 @munhakdongne
북클럽문학동네 http://bookclubmunhak.com

ISBN 978-89-546-5693-1 03840

www.munhak.com